MARY LONDON

LA DOUBLE MORT DE THOMAS STUART

Traduit de l'anglais
par J.-P. Baudricourt

ÉDITIONS DU
ROCHER
Jean-Paul Bertrand

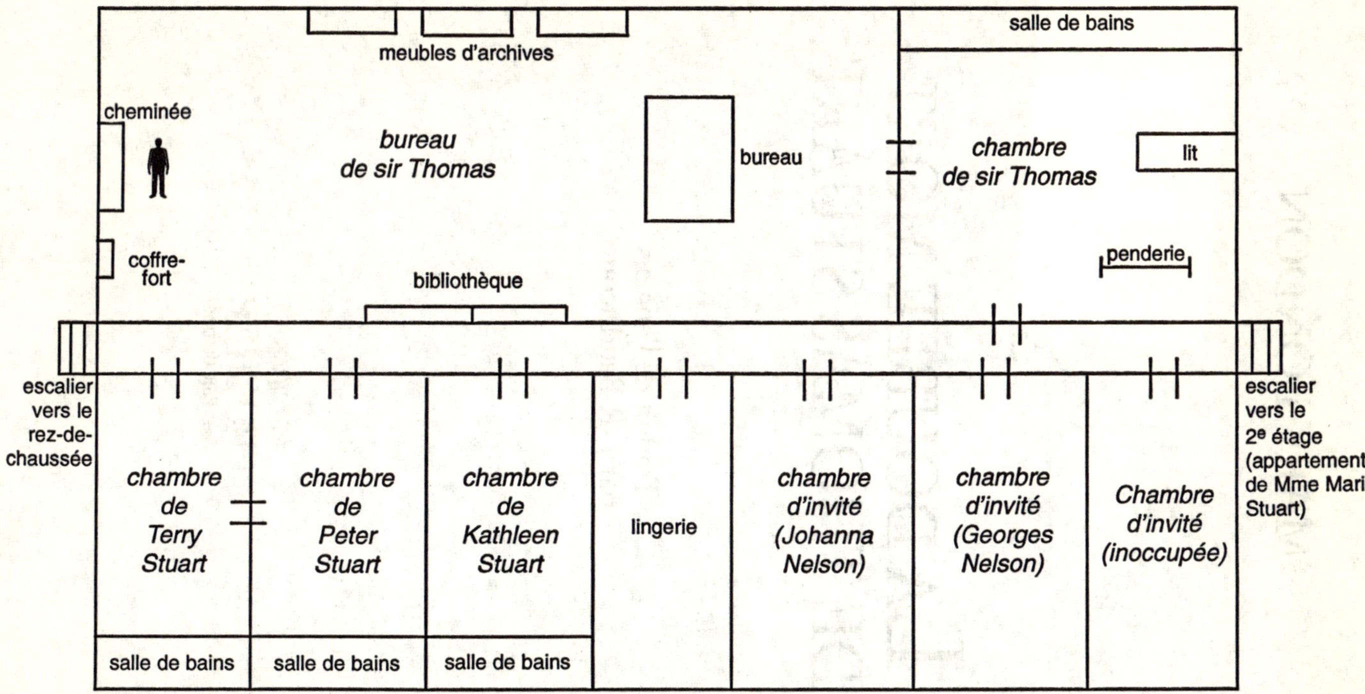

Plan du premier étage du manoir

Chapitre 1

*B*ien que le terrible orage qui secouait la région ne se fût pas encore calmé, chacun avait regagné sa chambre, plutôt satisfait d'en avoir fini avec une soirée durant laquelle sir Thomas Stuart s'était montré particulièrement aigri et hargneux. La brutalité de ses propos avait choqué tout le monde. Sans doute buvait-il trop, mais le déclin de son élevage de chevaux y était pour beaucoup. Il s'était entêté à refuser la vente de ses *Clydesdale* aux États-Unis qui en étaient pourtant preneurs, et cela pour des raisons politiques nébuleuses.

N'admettant pas d'être dans son tort, il accusait la terre entière de ses difficultés et, plus particulièrement, ses deux fils jumeaux Peter et

Terry. Il leur reprochait, en particulier, de préférer leur poney Shetland à ses robustes chevaux de trait, ce qui, à ses yeux, était une marque de féminité inadmissible. Tel était d'ailleurs le thème essentiel de l'algarade qu'il avait fait essuyer à ses convives lors de cette lamentable soirée. Pourtant étaient réunis là, outre ses deux fils, sa fille Kathleen et ses invités, Johanna et George Nelson, son frère, le meilleur ami de Peter. Tous s'étaient attendus à une agréable réception et la partie avait été gâchée. Peut-être la bourrasque qui avait secoué le manoir avait-elle joué son rôle dans cette humeur exécrable. La demeure avait craqué comme un navire sous les coups de boutoir du vent et des rafales de pluie. On eût dit que commençait la nuit de l'Apocalypse.

Et maintenant sir Thomas Stuart était mort. À 1 h 10 du matin, alors que les éléments déchaînés s'étaient calmés, un coup de revolver avait fait sursauter les dormeurs. Ils étaient sortis de leur chambre précipitamment. Le bruit venait de l'appartement du vieux Thomas situé de l'autre côté du couloir. On avait frappé à la porte, puis tambouriné en appelant. Enfin, comme elle était fermée à clé de l'intérieur, on l'avait enfoncée. Sir Thomas était étendu tout habillé dans le bureau contigu à sa chambre à coucher, à côté de la cheminée dont quelques braises rougeoyaient encore. Ce bureau était sens dessus dessous. Des papiers jonchaient le sol. Des tiroirs avaient été retirés et retournés. Leur contenu était répandu sur le tapis. Un petit coffre mural avait été ouvert et se trouvait vide. Quant à la chambre, elle présentait son aspect habituel, dénudée, austère avec un grand crucifix au mur et, en dessous, un prie-Dieu. Le lit n'avait pas été défait.

Ce fut George Nelson qui, le premier, émit l'idée de téléphoner à la police locale. Tous les autres étant figés dans un état de stupeur, ce fut également lui qui descendit au rez-de-chaussée et appela le lieutenant MacGregor dont il trouva le numéro personnel dans l'annuaire téléphonique. MacGregor exigea que l'on ne touchât à rien et que l'on attendît sa venue. De Macduff où il habitait à Glen Deveron, il fallait une demi-heure de voiture. En l'attendant, tous s'habillèrent en hâte et descendirent au grand salon.

Miss Craven, la gouvernante, leur servit du café. Ils ne savaient quel comportement prendre, car si la victime s'était montrée abrupte durant son existence et même exécrable la veille au soir, elle n'en demeurait pas moins une figure typique des hautes terres écossaises que chacun avait toujours considérée avec crainte, certes, mais surtout avec respect.

MacGregor arriva avec retard, la route s'étant changée en fondrières à différents endroits. La pluie continuait à tomber dru mais le vent avait cessé. Il parut de mauvaise humeur et annonça qu'il avait téléphoné à Londres pour qu'on lui dépêchât un spécialiste de Scotland Yard. La réputation du clan Stewart était telle qu'il se refusait à prendre seul la responsabilité de l'enquête. Puis il se fit conduire à l'appartement du mort, au premier étage. Miss Craven l'accompagna.

Lorsqu'il redescendit, il demanda qu'on lui servît un whisky bien tassé et s'assit parmi les autres qui, durant toute son absence, étaient demeurés muets. Il sembla chercher ses mots et tout d'un coup se décida.

– Mesdemoiselles, messieurs, je ne m'attarderai pas sur mes condoléances. Elles sont sincères, d'autant plus sincères que sir Thomas était un roc inébranlable, une statue de granit, un champion du lancer de troncs de mélèze, et surtout le doyen des défenseurs du gaélique à l'*An Comunn Gaidhealach* d'Inverness. Grâce à lui et à quelques autres dont je m'honore de faire partie, la culture *Gaeldom* a renoué avec ses racines. Aussi, j'ignore qui a osé toucher à la vie de cet homme prodigieux, mais quel qu'il soit, qu'il sache que l'âme écossaise n'aura de repos que lorsqu'il sera puni.

Sur ces fortes paroles, il vida son verre d'un trait et en quémanda un autre. Puis il demanda à la ronde :

– N'avez-vous rien remarqué de particulier et même de tout à fait étrange ?

– Le bureau a été fouillé, dit Peter Stuart.

– Le petit coffre mural a été ouvert, ajouta son frère Terry. Et il est vide.

– C'est peut-être la tempête qui, entrant par la fenêtre... commença George Nelson.

– Oh ! vous et vos plaisanteries stupides... s'écria Kathleen. Ce n'est vraiment pas le moment !

– Qu'avez-vous remarqué de si étrange ? demanda Miss Craven en servant une nouvelle dose de whisky à l'officier de police.

– Je vais vous le dire. Combien de coups de feu avez-vous entendus ?

Tous les présents répondirent d'une même voix.

– Un seul !

MacGregor prit un air sagace.

– Et pourtant le corps a été touché par deux balles. Mais ce qui est encore plus étonnant, c'est que l'une des plaies a saigné, l'autre pas. Vous voyez ce que je veux dire ?

– Non, avoua Peter.

– Eh bien ! cela signifie que le premier coup de feu a été mortel et que le second a été tiré plus tard – pardonnez-moi ma brutalité – alors que le corps de sir Thomas était à l'état de cadavre. Un cadavre ne saigne pas, voyez-vous.

Et, de nouveau, il vida son verre d'un seul trait, laissant ses interlocuteurs stupéfaits.

Chapitre 2

Sir Malcolm Ivory admirait une orchidée cypripède lorsque sa vieille gouvernante, Dorothea Pickwick, entra dans la serre avec cette précipitation outrancière qui était le signe de sa mauvaise humeur. La chère femme était au service de la famille Ivory depuis plus de quarante ans. Elle avait été engagée par feu le père de sir Malcolm alors qu'elle n'avait pas seize ans et, de ce fait, estimait qu'elle avait des droits imprescriptibles sur Falcon Manor, la somptueuse demeure où le célèbre aristocrate vivait en célibataire convaincu.

Sir Malcolm n'avouait que trois passions : les orchidées, les livres et les whiskies. Certaines de ses plantes monocotylédones avaient été primées dans des concours floraux internationaux. Sa bibliothèque était connue des collectionneurs et lui avait valu d'appartenir à l'envié club londonien des *Scriveners*. Quant à son goût raffiné pour l'alcool de malt, il le cachait aux yeux de Mme Pickwick dans son petit appartement de Soho que la brave majordome n'avait jamais eu le droit d'approcher. En fait, sir Malcolm n'était pas un grand buveur mais bien plutôt un artiste, capable de reconnaître les yeux fermés un Glenkinchie de dix ans d'âge d'un Glenlivet de douze ans, ou un Macallan de quinze ans d'un Cardhu de même année.

Il prétendait, en effet, que sa fine connaissance des whiskies entretenait sa matière cervicale, lui permettant ainsi de mieux débrouiller les enquêtes policières les plus retorses. Car – et ce n'était plus une passion mais un sacerdoce – il n'avait de cesse de traquer les criminels les plus ingénieux, mettant ainsi gracieusement ses dons de déduction à la disposition de Scotland Yard. Amateur génial, n'ayant aucun besoin d'argent, il estimait que c'était là sa façon de remercier le Ciel de l'avoir fait naître une cuillère de vermeil dans la bouche.

– Chère Dorothea, que vous arrive-t-il ?

– Sir Malcolm, c'est encore le superintendant Douglas Forbes ! Ne pourra-t-il jamais vous oublier ?

– J'espère bien que non. Et je parie que vous l'avez encore laissé dans le vestibule...

– Évidemment ! Il n'est pas chez lui ici, que je sache !

Sir Ivory sourit de l'éternelle hargne que Mme Pickwick nourrissait à l'égard du malheureux officier du Yard. Chaque fois qu'il sonnait à la porte, c'était pour entraîner l'amateur d'orchidées dans une nouvelle affaire, ce que Dorothea ne parvenait à admettre. Que n'allait-il à la chasse à la grouse au lieu de fréquenter le crime et les bas-fonds de l'âme humaine ?

Le superintendant Douglas Forbes était le modèle du policier arrivé au sommet de sa carrière par une application et une patience qui compensaient ses manques intellectuels. D'origine irlandaise, rouquin, plutôt petit et rond, marié à une femme acariâtre qu'il adorait, il avait pour sir Malcolm une dévotion qui confinait à la superstition. N'était-ce pas le lieutenant Ivory qui, alors que dans leur jeunesse ils combattaient en Afrique du Sud, l'avait sauvé d'une mort certaine lors d'une attaque des Bandala ?

Simple soldat, Forbes avait admiré le courage de son officier, mais plus encore ses dons de déduction lorsque ce dernier avait résolu le meurtre du colonel Gladstone que l'assassin avait déguisé en suicide. Dès lors sa voie était tracée. Il appartiendrait à Scotland Yard. Sir Malcolm l'y avait aidé grâce à ses relations et surtout grâce aux différentes affaires que l'aristocrate avait résolues avec un tel mépris des honneurs que Forbes en avait récolté tous les avantages.

– Alors, Douglas, que me vaut cette agréable visite ?

Forbes était toujours intimidé lorsqu'il pénétrait dans Falcon Manor. Dans son costume de tweed fripé et avec sa cravate criarde mal ajustée, il se sentait misérable face à l'élégance de son hôte. La beauté des meubles que sir Ivory avait hérités de son antiquaire de père lui semblait être l'apanage d'une société quasi mythique à laquelle il n'aurait jamais accès. Aussi restait-il debout, tournant son chapeau mou entre ses gros doigts et se balançant d'un pied sur l'autre avec toutes les marques de la timidité.

– Eh bien ! sir, pardonnez-moi de vous importuner mais il m'a semblé que l'affaire qui vient d'échoir au Yard pourrait vous intéresser.

– En seriez-vous chargé ?

– Par le plus grand des hasards... Figurez-vous que Mme Forbes, mon épouse, est parente par sa mère du responsable de la police de Macduff.

– À côté du Speyside ! s'écria sir Malcolm.

Et, à cette évocation, lui revint à la bouche la saveur du Macallan, du Glenlivet et du Granganmore dont de précieuses bouteilles montaient la garde dans son appartement de Soho.

– Dans le nord de l'Écosse, en effet, reprit Forbes. Mais il faut ajouter que ce MacGregor (le cousin de mon épouse) n'est pas un esprit très éclairé. Il boit trop et semble avoir perdu ses facultés d'antan. C'est du moins ce que l'on prétend. Bref, l'importance de l'enquête qui se présente à lui dépassant ses capacités, il a trouvé bon de me téléphoner dans la nuit afin de demander à Scotland Yard de l'aider.

– Et vous vous êtes proposé ?

– En pensant à vous, d'ailleurs. Je sais que l'Écosse...

– John Turner a accepté ?

– Le grand patron ? Immédiatement. C'est que la victime du meurtre n'est pas n'importe qui...

– Vous m'intriguez, Douglas. Un politicien ?

Le superintendant se rengorgea.

– Mieux que cela ! Il s'agit de sir Thomas Stuart.

– Un descendant de la famille royale des Stuart ?

Sir Ivory était de plus en plus intéressé. Il avait étudié l'histoire des quatre rois Jacques Stuart, qui tous avaient connu une mort violente, du cinquième qui avait eu comme fille la fameuse Mary, reine d'Écosse, décapitée sur ordre de la grande Élisabeth d'Angleterre, du sixième, fils de Mary, qui, à la mort d'Élisabeth, allait devenir roi des deux royaumes sous le nom de Charles Ier avant d'être, à son tour, décapité sur l'ordre de Cromwell.

– Oh ! un lointain arrière-petit-cousin de la famille, précisa Forbes, mais indéniablement du clan Stewart, sir Malcolm. Et vous savez combien les Écossais ont de respect pour les descendants de Mary qu'ils considèrent comme une martyre...

– Mais quelle tragédie ! Un sort poursuit le destin de cette noble famille. Et maintenant, ce Thomas... Comment a-t-il été assassiné ?

– D'après les premières constatations, il a

été tué de deux balles de revolver, mais ce qui est curieux, c'est que ces deux balles ne semblent pas avoir été tirées dans le même temps.

– Que voulez-vous dire, Douglas ?

– MacGregor n'a pas su s'expliquer convenablement. Si j'ai bien compris, le deuxième coup de feu aurait été tiré alors que sir Thomas était mort depuis un certain temps. Cette deuxième blessure n'a pas saigné.

– Autrement dit, on a tiré la deuxième fois sur un cadavre...

– C'est étrange, non ?

Sir Ivory demeura un instant silencieux, puis il demanda :

– Où a-t-il été tué ?

– Dans un bureau jouxtant sa chambre, durant la nuit dernière. MacGregor a été prévenu dès la découverte du crime, vers deux heures du matin. Il m'a aussitôt téléphoné, ce qui, par parenthèse, n'a pas été du goût de Mme Forbes, mon épouse. Bref, c'est alors que j'ai pris contact avec le Yard. Il ne faut pas laisser traîner ces choses-là.

– Vous avez raison. Cette affaire m'intéresse. Et si votre grand patron l'accepte, je pars avec vous.

– Vous savez bien que John Turner vous fait toute confiance. Nous prendrons l'avion pour Aberdeen d'ici la fin de la matinée. MacGregor nous attendra à l'aéroport et nous mènera directement en voiture jusqu'à Glen Deveron où habitent les Stuart.

– Parfait. J'emmène avec moi mon fidèle Wen Chang. J'ai horreur de voyager sans être accompagné par un domestique.

Le superintendant s'était toujours demandé pourquoi les aristocrates avaient de telles lubies. Un domestique ! Et un Chinois ! Mais il eût été inutile et d'ailleurs incorrect de contredire la volonté d'un tel homme.

Dorothea Pickwick accueillit la nouvelle avec aigreur.

– L'Écosse ! Chez les presbytériens, même pas de vrais chrétiens ! Nous, les catholiques, nous n'avons jamais oublié ce John Knox qui a contribué à la mort de notre reine Mary lâchement exécutée par cette misérable Élisabeth !

– Il y a de cela presque quatre siècles, ma bonne Dorothea...

– L'infamie ne s'efface jamais !

Et sur ces fortes paroles, elle alla préparer les bagages en compagnie de Wen Chang qui, lui, était ravi d'accompagner son maître. Il lui était d'autant plus dévoué que sir Ivory l'avait naguère sauvé d'une erreur policière qui l'aurait certainement mené au gibet [1]. Plutôt petit, la tête ronde comme une lune, il parlait un anglais approximatif et avait gardé la vieille habitude chinoise de s'exprimer par des aphorismes, ce qui agaçait la gouvernante et amusait sir Malcolm.

– Wen Chang prêt pour Écosse, dit-il de sa voix de crécelle en apportant le sac de voyage en cuir de sir Ivory et la valise en carton que la Croix-Rouge lui avait jadis offerte au moment où, adolescent, il quittait la Chine pour fuir les Japonais et se rendre en Angleterre. Pour rien au monde il n'eût accepté de s'en séparer.

Mme Pickwick, au bord des larmes mais bien décidée à n'en laisser rien voir, crut bon de lancer une pique à Douglas Forbes.

– Superintendant, faites bien attention que le monstre du loch Ness ne vous avale !

– Erreur, chère Dorothea... Nessie n'avale que les catholiques ; c'est bien connu.

1. Lire *Un crime chinois* de Mary London, éditions du Rocher, 1997.

Et sur cette perfide réplique, les trois hommes montèrent dans la voiture de la police qui, à vive allure, les emmena à l'aéroport.

Chapitre 3

Durant le voyage de Londres à Aberdeen, sir Malcolm Ivory avait fait semblant de sommeiller afin de ne pas être gêné par le verbiage intempestif de Douglas Forbes. Il avait en horreur les témoignages de seconde main et estimait que le superintendant n'avait aucun droit de se lancer déjà dans des spéculations au sujet de l'assassinat de Thomas Stuart dont, en fait, il ne connaissait pratiquement rien. Lui-même s'interdit d'y penser et laissa sa rêverie s'envoler plus vite que l'avion vers les distilleries de *single malt* du Speyside. Il se souvenait, en particulier, d'un Macduff de douze ans d'âge, vieilli en fût de sherry, ce qui lui avait conféré un subtil arôme de noix, de rancio et de cerise, honneur de sa collection. Il se promit d'en acheter, à l'issue de l'enquête, une douzaine de bouteilles.

Le lieutenant Derek MacGregor les attendait dans le hall de l'aéroport. C'était un homme de grande taille, corpulent, à la chevelure rousse, au teint rouge et dont le nez pointu ressemblait à une carotte plantée dans un ballon de rugby. Il avait visiblement trop bu. Dès qu'il vit apparaître les trois hommes, il s'avança avec un empressement chaloupé qui montrait assez sa fierté d'accueillir des représentants londoniens de la meilleure police du monde.

Le superintendant présenta sir Ivory qui lui-même présenta Wen Chang. MacGregor s'étonna de la présence du Chinois mais s'abstint d'en parler, pensant qu'il s'agissait d'un collaborateur du Yard. Puis, tandis qu'ils attendaient les bagages, il commença à vouloir faire le récit des événements. Toutefois, il s'y prit de façon si confuse que sir Ivory décida de prendre les choses en main.

– Lieutenant, quel âge avait Thomas Stuart ?

– Dans les soixante ans, peut-être un peu plus.

– Et son épouse ?

– Oh ! sir, son épouse est décédée voici une vingtaine d'années en mettant au monde sa fille Kathleen. Je l'ai connue. C'était une femme très différente de son mari, très douce, sentimentale, artiste en quelque sorte, et d'une réelle beauté. Elle souffrait du tempérament de sir Thomas mais, dévote comme elle l'était, elle supportait tout avec une admirable constance.

– Si j'ai bien compris, ils eurent trois enfants...

– C'est exact. Kathleen et deux garçons, Peter et Terry. Ce sont des jumeaux.

– Quel âge ont-ils ?

– Voyons... Les jumeaux ? Quelque chose comme vingt-huit ans. Quant à Kathleen... Mary, l'épouse de Thomas, n'aurait pas dû avoir un troisième enfant. Le docteur Furney le lui avait formellement interdit. Et puis est arrivé ce qui devait arriver... Donc, si je compte bien, Kathleen doit avoir vingt ans. Une fille très ferme, très solide. Mais voilà les bagages !

Forbes et Wen Chang récupérèrent leur bien, après quoi ils se dirigèrent tous vers l'automobile qui devait rejoindre Aberdeen et, de là, Glen Deveron en passant par Pitmedden et

Dufftown. C'était une grosse Ford qui avait dû appartenir à l'armée américaine à l'époque des préparatifs du Débarquement. Elle n'était guère à l'honneur de la police, rafistolée et écaillée comme elle l'était, mais par quelque miracle elle les mena à bon port. La pluie n'avait pas cessé et tombait si fort que les essuie-glaces parvenaient difficilement à en écarter le flot. MacGregor conduisait, tentant d'éviter les flaques, mais les camions qu'il doublait lui envoyaient des paquets d'eau qui momentanément l'aveuglaient. On se serait cru en pleine mer lors d'une tempête. Forbes était terrorisé et recommandait au petit-cousin de son épouse de diminuer son allure. Mais l'autre, qui devait en être à son dixième whisky de la journée, n'en continuait pas moins de foncer à l'aveuglette, tout en bafouillant des explications plus ou moins cohérentes dont il ressortit que la soirée précédant la nuit du meurtre, une succession d'événements dramatiques avait eu lieu.

Sir Thomas avait invité à dîner Johanna Nelson, la fiancée de Terry, et George Nelson, son frère, afin de leur montrer un *yearling* dont il était particulièrement satisfait. Hélas, les éclairs et les coups de tonnerre n'avaient pas permis de sortir le cheval afin de le présenter selon les règles. L'animal affolé s'était blessé contre les parois de son box et le vétérinaire appelé à la hâte avait refusé de se déranger avant le lendemain. L'humeur difficile de Thomas s'était aussitôt changée en une fureur qui avait stupéfié les Nelson, peu exercés à ce genre de démonstration. Leur père banquier et leur mère née MacCann les avaient habitués à une existence élégante et sans heurt.

Le repas avait été lamentable, Thomas reprochant aux jumeaux de ne s'être jamais intéressés aux chevaux et les traitant d'« efféminés », ce qui avait fait bondir Mlle Nelson. Puis il s'en était pris plus particulièrement à Terry, ne comprenant pas que la date de son mariage avec Johanna n'ait pas encore été fixée. À ce moment, et de manière incompréhensible tant leur entente était grande, les jumeaux s'étaient disputés pour une histoire de bottes tout à fait anodine et en seraient peut-être venus aux mains si George Nelson ne les avait séparés.

Ces regrettables incidents s'étaient déroulés sur fond d'orage, et comme si le vacarme n'avait pas été suffisant, quelqu'un avait mis sur le pick-up un disque de Wagner particulièrement puissant, ce qui avait achevé de tendre l'atmosphère.

– Et c'est alors que le fantôme s'est manifesté, dit MacGregor.

– Allons, s'écria Forbes, faites plutôt attention à la route !

Et se penchant vers sir Malcolm :

– Je vous avais prévenu, murmura-t-il. Cet homme n'est plus ce qu'il était.

Trois heures de l'après-midi venaient de sonner lorsqu'ils arrivèrent sur le lieu du crime. L'imposant manoir, sous ce ciel chargé de nuages noirs, présentait un aspect sinistre. Les chenaux trop pleins déversaient directement leur contenu sur la façade dont les pierres grises ruisselaient d'abondance. À gauche du bâtiment principal, formant avec lui une aile perpendiculaire, s'élevaient les écuries dont la porte des boxes avait été fermée afin de protéger les chevaux des intempéries. À droite, la deuxième aile était réservée à la petite domesticité. Comme l'expliqua MacGregor en bredouillant, ces deux parties avaient été rajoutées au XIXe siècle par le grand-père de Thomas, alors que le manoir proprement dit avait été bâti au XVIIIe siècle dans le style propre aux environs du petit fleuve Spey.

Ils ne s'attardèrent guère dehors et pénétrèrent trempés dans la demeure des Stuart où Miss Craven, la majordome, les accueillit. C'était une quinquagénaire assez fluette et de petite taille, aux beaux cheveux bruns retenus en chignon, au visage intelligent, aux yeux vifs dont le charme discret intéressa aussitôt Douglas Forbes. Elle aida les nouveaux venus à ôter leur imperméable et à déposer leurs bagages dans le hall, puis les introduisit dans le salon où cinq personnes les attendaient en prenant le thé. À leur entrée, elles se levèrent.

Sir Ivory reconnut à l'instant les jumeaux. À première vue, en tout cas, ils paraissaient rigoureusement semblables l'un à l'autre. Même aspect longiligne, même visage délicat et rêveur, mêmes cheveux auburn. Toutefois ils étaient vêtus différemment, l'un avec un strict costume anthracite, l'autre avec un pull-over de cachemire blanc à col roulé.

Un autre homme était présent qui devait avoir trente ans. Il se présenta sous le nom de George Nelson. C'était un grand dadais au sourire gourmand, véritable bellâtre que les filles faciles devaient adorer. Trop bien coiffé, au teint trop parfaitement hâlé, il portait au cou une chaîne en or à gros anneaux et au doigt une bague avec un diamant. Pour le reste, il s'enorgueillissait avec une négligence calculée d'un pantalon de cuir noir et d'un tricot de grosse laine angora couleur rose fuchsia.

Sir Malcolm se demanda laquelle des deux jeunes femmes pouvait bien être la sœur des jumeaux. Était-ce la grande fille en tailleur tweed avec de longs cheveux blonds et aux yeux bleus ou la garçonne aux cheveux châtains taillés court, à la casaque noire et au pantalon kaki des cavalières ? Elles étaient belles toutes les deux, bien que d'un genre totalement différent. La première ressemblait plutôt à la Vénus de Botticelli alors que la seconde, de petite taille, avait quelques traits de la *Maja* de Francisco de Goya, que sir Ivory avait admirée naguère à Madrid. Toutefois, si la première paraissait d'un naturel avenant, la seconde semblait d'un caractère plus renfrogné. Il en déduisit que c'était cette dernière qui appartenait au clan Stewart. D'ailleurs elle devait être plus jeune que l'autre. Il se risqua.

– Mademoiselle Kathleen, je présume...

– Vous êtes de Scotland Yard, n'est-ce pas ?

La fermeté de sa voix s'alliait bien à son visage volontaire et peut-être têtu.

– Permettez-nous de vous présenter nos condoléances, fit le superintendant Forbes. Sir Ivory n'appartient pas à Scotland Yard mais il est un éminent spécialiste dont, pour ma part, j'apprécie grandement les méthodes. Quant à cet autre monsieur, il est le... comment dirai-je ?

– M. Wen Chang est mon assistant, fit vivement sir Malcolm. Je réponds de lui comme de moi-même.

– Certainement, dit l'un des jumeaux. Nous sommes très satisfaits que le Yard ait bien voulu s'intéresser si vite au décès tragique de notre père.

– Monsieur, reprit Forbes sur un ton avantageux, le temps est un élément essentiel dans une enquête comme celle-ci. Avec votre autorisation, nous allons immédiatement procéder. Une salle peut-elle être mise à notre disposition ?

– Le bureau qui jouxte cette pièce, proposa l'autre jumeau. C'est là que notre père recevait ses clients.

– C'est parfait. Et maintenant nous allons nous rendre auprès du corps avant que le médecin légiste ne l'emporte pour une nécessaire autopsie. N'est-ce pas, sir Malcolm ?

Sir Ivory avait observé le salon. C'était une vaste salle mal éclairée, aux murs ornés d'une douzaine de portraits de famille et dont les seuls meubles étaient de vieux fauteuils mités entourant une table basse où l'on avait servi le thé. Une grande cheminée de pierre s'élevait au fond dans laquelle brûlait de grosses bûches, seul élément chaleureux de cet endroit peu convivial. L'ensemble sentait la province la plus reculée, la campagne repliée sur ses vieilles notions de rudesse et d'économies outrancières, mais aussi de fierté et de nostalgie envers un temps révolu.

– Miss Craven, voulez-vous bien conduire ces messieurs dans la chambre où repose notre père ? demanda d'une voix sourde le jumeau en costume croisé.

– Certainement, Peter.

Sir Ivory nota qu'elle ne disait pas « monsieur Peter ». Puis il suivit les autres tandis que les jumeaux, leur sœur et les deux Nelson se rasseyaient, muets, raides, blafards, pareils à des figures de cire.

En haut du petit escalier que n'éclairait

aucune lampe et qu'ils montèrent à tâtons, ils se retrouvèrent dans un long couloir sur le côté droit duquel Forbes compta sept portes tandis que sur le côté gauche il n'en vit que deux. La gouvernante expliqua qu'à droite se trouvaient les trois chambres des enfants Stuart et des chambres réservées aux invités, alors que les portes de gauche donnaient sur l'appartement privé de sir Thomas.

MacGregor retrouva avec quelque difficulté dans une des poches de son pantalon la clé qui ouvrait la porte du bureau où le corps de la victime avait été retrouvé. Il l'avait confisquée lors de sa visite nocturne. Mais ce fut alors qu'il s'aperçut que cela ne servait à rien puisque la porte avait été enfoncée au moment de la découverte du meurtre. La serrure disloquée ne pouvait plus fermer quoi que ce soit. En revanche, des scellés avaient été posés par un subordonné du lieutenant. MacGregor les fit sauter. Ils entrèrent.

Le cadavre avait été retiré mais sa position avait été dessinée à la craie sur le plancher. Des photographies au Polaroïd avaient été prises et devaient se trouver au poste de police de Macduff. MacGregor promit de les faire venir au manoir ainsi que les premières constatations du médecin local. Mais visiblement l'homme était débordé par l'événement et avait un pressant besoin d'aller faire une sieste.

Comme annoncé, le bureau avait été fouillé à la hâte. Des papiers traînaient éparpillés un peu partout, des tiroirs vides avaient été jetés sur le petit tapis élimé aux pieds du bureau sur lequel un encrier avait été renversé, formant une large tache noire.

Sir Ivory inspecta le petit coffre mural dont la porte était demeurée ouverte, clé dans la serrure. Il était vide. Quant à la cheminée, elle était éteinte. Différents fragments de bois à moitié calcinés s'y trouvaient encore. L'un d'eux attira l'attention de sir Malcolm. C'était un morceau de cravache reconnaissable à sa poignée de cuir.

– À qui appartenait-elle ? demanda-t-il à Miss Craven.

Elle considéra l'objet avec étonnement, puis elle soupira profondément et, d'une voix altérée :

– C'est la cravache de sir Thomas. Il ne s'en départissait jamais. Mais pourquoi l'avoir jetée au feu ? Elle n'était pas usagée, que je sache... D'ailleurs il y tenait beaucoup.

– C'était le symbole de son autorité, n'est-ce pas ?

– En quelque sorte. Oh, c'est terrible ! Je le vois encore qui frappait ses bottes avec cette cravache ; un geste qui lui était familier.

– Vous respectiez beaucoup votre maître, n'est-ce pas ?

– Cela fait trente-sept ans que je suis au service des Stuart, voyez-vous... J'avais dix-huit ans lorsque j'ai pris mes responsabilités au manoir.

– Je vous félicite. Eh bien, nous reparlerons de tout cela, voulez-vous ? La chambre où se trouve le corps est derrière cette porte, je suppose...

– Sir Thomas pouvait par cette porte passer du bureau à sa chambre sans sortir dans le couloir. Mais, si vous le permettez, je ne vous suivrai pas. C'est moi qui lui ai fait sa dernière toilette en compagnie de Kath, la fille du défunt, après que l'officier de police nous a aidées à le porter sur le lit. Je n'aurais plus le courage...

– Je vous comprends. En redescendant au salon, pourrez-vous demander aux Nelson de ne pas quitter les lieux pour l'instant ? Je les interrogerai en premier afin qu'ils puissent ensuite disposer.

Dans la chambre nue dominée par un grand crucifix, Thomas Stuart reposait tel un gisant. Sa stature était celle d'un colosse. On l'avait revêtu de son kilt aux couleurs du clan Stewart, de la chemise blanche recouverte du gilet noir à boutons dorés, des grosses chaussettes de laine écrue à liseré rouge qui montaient jusqu'au bas du genou et des chaussures vernies à boucle d'argent typiques des Highlands. Un mouchoir avait été posé sur son visage, le superintendant le retira.

L'homme avait dû être redoutable. Sa figure taillée à la hache, au menton carré, au nez de boxeur était surmontée d'une tignasse du plus beau rouge. Ses traits exprimaient une volonté de puissance, un orgueil qui semblaient défier la mort. Peut-être pouvait-on discerner sur les lèvres blanches une marque de mépris ou de dégoût. Ses mains puissantes de campagnard avaient été croisées sur son ventre. Une Bible reposait dessus, cachant les doigts.

– C'est curieux, fit remarquer sir Ivory.

– Quoi donc ? demanda Forbes.

– Je croyais qu'en Écosse c'était les hommes qui faisaient la toilette funèbre des hommes. Et ici ce furent Kathleen, une jeune fille de vingt ans, et cette Miss Craven. Cela paraît incongru, vous ne trouvez pas ?

On entendit dans l'ombre la voix nasillarde de Wen Chang.

– Nous autres Chinois disons toujours : même l'empereur sera enterré avec une bêche.

Chapitre 4

Sir Malcolm Ivory se montra fort satisfait lorsque, redescendant au salon, on lui présenta le sergent Cooper. Le second du lieutenant MacGregor était, en fait, le véritable moteur de la police de Macduff. Il l'entraîna aussitôt dans le bureau du rez-de-chaussée que l'on avait mis à la disposition du Yard. Le superintendant et Wen Chang les suivirent tandis que MacGregor en profitait pour reprendre le volant de sa voiture et repartir, prétextant une autre affaire urgente qui devait être sa sieste.

Ce Cooper n'avait pas trente ans. Petit, râblé, son visage aux yeux bleus lui donnait un air enfantin, vite oublié dès qu'il commençait à parler. Autant le verbiage de son supérieur était fumeux, autant son expression était concise et d'une autorité toute militaire. Il portait d'ailleurs l'uniforme avec distinction. Douglas Forbes demanda à chacun de s'asseoir tandis qu'il prenait place derrière le bureau. Puis il commença :

– Sergent, je suis bien aise de vous rencontrer. En effet, si j'ai bien compris, une partie des éléments de l'enquête préalable que MacGregor nous a communiqués viennent de vous.

– C'est exact, sir.

– À quel moment êtes-vous arrivé sur les lieux ?

– Une demi-heure après le lieutenant, sir. Il était 2 h 10.

– Parfait, et c'est vous qui avez fait les premiers relevés ?

– Constatations visuelles, prises de photographies de l'appartement du défunt et du couloir, repérage du corps, premiers entretiens. Articles 12, 13 et 14 du règlement.

– Qu'ont donné vos premières constatations visuelles ?

– Comme le lieutenant MacGregor l'avait remarqué avant moi, la victime a été tuée d'une balle de revolver d'un petit calibre. Puis, quelque temps plus tard, une autre balle a été tirée sur le cadavre.

– Combien de temps plus tard ?

– C'est hors de ma compétence, sir.

– Naturellement vous aviez appelé le médecin légiste ?

– Le lieutenant s'en est chargé. Il est arrivé à 8 heures. Il enverra d'ailleurs une équipe pour prendre le corps dès que vous m'en donnerez l'autorisation.

– Quelles ont été ses premières constatations ?

– Étant donné la rigidité du corps, la mort remonterait à la première partie de la nuit.

– Et donc le coup de feu qui réveilla les occupants des chambres était le deuxième.

– C'est vraisemblable, sir.

– Autres constatations visuelles...

– Les papiers épars, les tiroirs renversés et, surtout dans l'âtre qui n'était pas encore tout à fait éteint, une cravache à moitié brûlée que j'ai remise à la place exacte où je l'ai trouvée et sur laquelle j'ai réalisé auparavant un relevé d'empreintes infructueux. La poignée est constituée de lacets en cuir juxtaposés.

– Je comprends, dit Forbes qui durant ces

répliques avait pris des notes sur son carnet à élastique. Et quoi encore ?

Cooper se leva, sortit avec précaution une enveloppe de la poche de sa veste, l'ouvrit avec non moins de délicatesse et vida son contenu sur le bureau.

– Dans le coin droit de la cheminée, hors du foyer, j'ai trouvé ces débris de verre. Comme vous le constatez, il s'agit de trois morceaux d'une ampoule de type pharmaceutique.

Il sortit une forte loupe de la poche intérieure de sa veste et la plaça au-dessus des fragments.

– On peut lire sur ce morceau : « coli » et sur cet autre « ston ». Il s'agit donc d'un produit qui se nomme Coliston.

– Et vous savez ce que c'est ?

– C'est hors de mes compétences, sir.

– Donnez donc le contenu de cette enveloppe à analyser. Ce peut être sans intérêt mais on ne sait jamais.

Wen Chang remua sur sa chaise comme s'il voulait prendre la parole. Le superintendant s'en aperçut.

– Voulez-vous dire quelque chose ?

– Wen Chang connaît Coliston. Utilisé pour taupes dans jardin.

À ce moment, sir Ivory se leva et, se penchant au-dessus de l'ampoule brisée :

– Une très faible odeur subsiste... Le Coliston est une sorte de mort-aux-rats, en effet, à base de strychnine.

– De la strychnine ! s'écria Forbes. Sir Thomas aurait-il été également empoisonné ?

Un épais silence suivit tandis que Cooper, au moyen de son stylo, faisait glisser les débris sur la surface du bureau jusque dans l'enveloppe qu'il remit ensuite prudemment dans la poche de sa veste. Puis le superintendant reprit :

– Au cas où il y aurait eu empoisonnement, avez-vous vérifié les verres qui pouvaient se trouver sur les lieux ?

– Oui, sir. Deux verres dans la salle de bains contiguë à la chambre. Je les ai donc placés dans le sac Z 11 conformément au règlement. Je les soumettrai au laboratoire.

– Excellent. Autre constatation visuelle ?

– Sir Thomas était vêtu du costume qu'il portait lors de la soirée. Ces messieurs-dames me l'ont confirmé.

– Pas de traces de lutte ?

– Pas à ma connaissance. La première balle a traversé le veston et la chemise, laquelle était fort imprégnée de sang à hauteur du cœur. La deuxième a suivi le même chemin mais de l'autre côté de la poitrine et, cette fois, la plaie n'a pas saigné. J'ai prélevé moi-même la chemise et le veston que j'ai placés dans le sac Z 12 qui, selon le règlement, est réservé à la collecte des indices vestimentaires. Ce sac sera remis au laboratoire par mes soins. Voulez-vous en voir le contenu ?

Le superintendant se tourna vers sir Malcolm.

– Le souhaitez-vous ?

– La précision du sergent est remarquable. Non, c'est inutile. Mais je souhaite que le veston et la chemise soient également étudiés par l'expert en balistique. Cela me paraît très important et même très urgent.

– À vos ordres, sir.

Sir Ivory poursuivit :

– Et donc lorsque vous avez porté le corps sur le lit de la chambre, il était torse nu ?

– Exact, sir.

– Et pour cela vous avez été aidé, je suppose...

– Par la gouvernante et par la fille du défunt.

– Comment cela s'est-il passé ?

– Après avoir relevé seul l'ensemble des empreintes dans le bureau et dans la chambre et pris les photographies avec le Polaroïd, y compris de la victime habillée et torse nu, je suis descendu au rez-de-chaussée afin de prévenir ces messieurs-dames que le corps pouvait être déplacé. Or ne se trouvaient là que la gouvernante et la fille de sir Thomas. Les autres s'étaient rendus, paraît-il, aux écuries. Les deux femmes décidèrent donc de monter sans les attendre au premier étage et de m'aider. Par égard pour ces dames, je les prévins que j'avais dû ôter la veste et la chemise de la victime. Elles passèrent outre, disant qu'elles allaient en profiter pour revêtir le mort de son costume traditionnel.

– Mlle Kathleen ne parut-elle pas troublée ?

– J'ai admiré son courage. Elle était livide et j'ai remarqué que ses yeux étaient humides. Une vraie Stuart, sir.

– Et le petit coffre mural ? Vous ne nous en avez pas parlé, reprit Forbes.

– Comme vous l'avez constaté, il était ouvert et vide avec la clé dans la serrure. Aucune empreinte digitale.

– Le vol est peut-être le mobile du crime, fit le superintendant. Toutes ces paperasses sur le plancher, ce coffre vide... Bref, continuons. Sergent, parlez-nous succinctement de vos premiers entretiens.

– À vos ordres, sir. De ces entretiens préalables, il apparaît que sir Thomas s'était montré furieux de ne pouvoir montrer un *yearling* à ses invités par la faute des intempéries. Le cheval s'était d'ailleurs blessé, effrayé par un coup de tonnerre. Ainsi, la soirée a-t-elle été gâchée par l'humeur du maître de maison. Puis il est monté dans son appartement du premier étage vers 9 heures. Les autres sont restés en bas, dans le salon, à discuter et à faire de la musique. Le vacarme de l'orage était assourdissant, ce qui pourrait expliquer que personne n'ait entendu le premier coup de feu, d'autant que quelqu'un avait mis un disque du *Parsifal* de Richard Wagner.

– Seriez-vous mélomane, sergent ? demanda sir Ivory.

– En dehors de mes heures de travail, oui, sir.

– Je vous félicite. Mais, Douglas, ce n'est pas la peine d'interroger davantage le sergent puisque nous allons nous-mêmes procéder à l'enquête et que certains éléments nous ont été déjà rapportés par le lieutenant MacGregor. Sergent, je préférerais que vous meniez le corps au laboratoire dès que possible et y convoquiez immédiatement l'expert en balistique. Vous lui montrerez le contenu du sac Z 12, n'est-ce pas ?

– À vos ordres, sir.

– Puis-je vous demander de nous confier les Polaroïd afin que nous les étudiions ?

– Certainement, sir.

Le sergent sortit de ses inépuisables poches une enveloppe et la remit au superintendant.

– Eh bien ! merci, dit Forbes. Vous pouvez disposer.

Et Cooper, effectuant un demi-tour réglementaire, allait s'en aller lorsque sir Malcolm l'arrêta.

– Vous ne nous avez pas non plus parlé du fantôme...

Le sergent se figea sur place, puis se retourna. Son visage marquait la plus parfaite incompréhension.

– Un fantôme, sir ?

– MacGregor nous a parlé d'un fantôme...

Cooper eut l'air gêné.

– Oh ! vous savez, ici, en Écosse...

– Mais encore ?

– Au château de Glamis, il y aurait une dame blanche dans la chapelle ; à Barnbougle, c'est le squelette d'un chien à l'éternelle recherche de son maître ; à Fyvie, c'est un spectre qui joue de la trompette, les nuits de pleine lune. Il y a plus fort encore : dans l'île de Skye, c'est une armée en kilt. On la voit sortir de l'eau, en ordre de bataille dans un halo de brume.

– Et ici ?

– Ce serait la mère des enfants, l'épouse de sir Thomas. Elle est morte en couches, il y a vingt ans.

– Elle porte le même prénom que la reine Mary, fit remarquer sir Ivory. Certains prétendent que la victime de la grande Élisabeth hante toujours les couloirs de Buckingham Palace, criant vengeance...

– Mon Dieu, que dites-vous là, sir Malcolm ?

– Et vous, sergent, qu'en pensez-vous ?

– Veuillez bien m'excuser. Ce n'est pas dans mes compétences...

– Encore une question : y a-t-il une auberge convenable à Glen Deveron ?

– À l'enseigne de « L'Amiral Benbow ». En souvenir de Stevenson.

– *L'Île au trésor*... Pensez-vous que nous aurions la possibilité d'y avoir deux chambres ? L'une pour le superintendant, l'autre pour moi ?

– Certainement, sir. En passant je vais les retenir auprès du vieil Alan.

– Voilà un homme d'avenir, constata Forbes lorsque Cooper fut parti.

– Sans aucun doute, mon bon Douglas, bien qu'il ait oublié de nous signaler un détail important.

– Quel détail, sir Malcolm ?

Sir Ivory passa outre et poursuivit :

– D'ailleurs il ne tardera sûrement pas à remplacer l'arrière-petit-cousin de votre épouse...

Le superintendant toussa dans son poing.

– Vous savez, dans les familles... Comme le dit justement Mme Forbes, on ne choisit pas. Mais j'y pense : où Wen Chang va-t-il dormir ? Vous n'avez parlé que de deux chambres...

– Je pense qu'il nous sera très utile d'avoir un espion du côté de la domesticité. Ces gens-là sont bavards entre eux et l'on ne sait jamais quel renseignement ils pourraient confier à Wen Chang, que nous serions, nous, bien incapables de leur soutirer. Je demanderai à Miss Craven de l'héberger dans l'aile droite. N'est-ce pas, Wen Chang ?

– Wen Chang a de longues oreilles.

– Parfait. En attendant, veuillez aller chercher la demoiselle aux cheveux blonds, la fiancée de Terry Stuart, et nous l'amener.

Le Chinois s'inclina à la façon des Orientaux et sortit.

– Sir Malcolm, que pensez-vous de tout cela ? demanda Forbes.

– Rien encore. Pour l'instant, un seul détail m'intrigue vraiment.

– Le deuxième coup de feu, je suppose... Ou la strychnine...

– Sans doute, mais aussi le fait qu'après avoir retourné les tiroirs et jeté les papiers sur le sol, quelqu'un a cru bon de remettre un semblant d'ordre dans le bureau.

– Comment cela ?

– N'avez-vous pas remarqué la tache d'encre ?

– Si, bien sûr... Sur le bureau.

– Normalement l'encrier aurait dû être renversé. Or il a été redressé.

– Peut-être lorsque les personnes ont découvert le crime, ou après, à n'importe quel moment...

– Consultons les Polaroïd, je vous prie.

Forbes les tendit à sir Ivory qui rapidement en choisit un. C'était un gros plan du corps de sir Thomas étendu sur le sol.

– C'est bien ce qu'il me semblait...

– Quoi donc ?

– Regardez la main gauche. Le bout des doigts est maculé d'encre. Pas seulement l'index comme cela arrive. Non, tous les doigts ! Lorsque nous nous sommes inclinés devant le corps, j'avais cru discerner, sous la Bible qui cachait les doigts, un détail qui m'intrigua et que j'ai ensuite oublié. Mais c'est cela : de l'encre noire sur le bout de tous les doigts ! Vous trouvez cela normal, vous ? D'ailleurs, lorsque l'on pose une Bible sur un défunt, on la place sous les mains de celui-ci, et non pas dessus !

Chapitre 5

*D*ouglas Forbes, qui était fort admirateur de jolies femmes, fut ému par la grâce de la blonde Johanna Nelson. Son tailleur en tweed épousait des formes longilignes qui ondulaient agréablement alors qu'elle pénétrait dans le bureau, escortée par Wen Chang.

– Veuillez bien vous asseoir, mademoiselle, dit le superintendant. Nous souhaitions nous entretenir avec vous dès que possible afin de vous libérer au plus tôt.

– Je vous en suis reconnaissante.

Elle s'assit en tirant sagement sa jupe sur ses genoux.

– Mademoiselle, pouvez-vous nous expliquer quels sont vos rapports exacts avec la famille Stuart ?

– Oh ! bien simplement. Mon père, qui est propriétaire de la banque Nelson, était en relation d'affaires avec sir Thomas, et cela depuis plus de trente ans, si bien que les deux hommes s'étaient pris d'une certaine amitié l'un pour l'autre, malgré le caractère entier de sir Thomas. C'est ainsi que mon frère et moi fîmes la connaissance de ses enfants qui devinrent nos propres amis. D'ailleurs, Peter a été engagé récemment par mon père et fait actuellement un stage aux guichets.

– Il me semble, fit remarquer Forbes, que le lieutenant MacGregor nous avait parlé de fiançailles...

– Entre l'un des frères Stuart et moi, n'est-ce pas ? Je sais que c'est une rumeur qui court. Mais croyez-vous que l'on puisse faire confiance aux dires de ce MacGregor ?

Le superintendant s'insurgea.

– C'est un officier de police, mademoiselle !

Elle baissa la tête comme une enfant prise en faute. Sir Ivory prit la parole.

– Si ma mémoire est bonne, la rumeur, comme vous dites, prétendrait que non seulement vous êtes fiancée à Terry Stuart, mais que dans la soirée d'hier sir Thomas aurait insisté pour que votre mariage ait lieu le plus vite possible.

Elle releva brusquement la tête. Ses yeux bleus avaient pris soudain la froideur de la glace.

– Sir Thomas voulait ce mariage, c'est exact. Mais on ne me gouverne pas comme si j'étais une marionnette !

– Et donc, lorsque hier soir, sir Thomas a insisté à ce sujet, vous vous êtes opposée ouvertement à lui...

– Sir Thomas était dans un état qui ne permettait guère de discuter avec lui. Mais oui, je me suis insurgée. Je crois que ses affaires périclitent. Il en rend le monde entier responsable et principalement ses deux fils qu'il accuse de ne pas s'intéresser à l'élevage et au commerce des chevaux. Comme je vous l'ai dit, Peter est maintenant dans la banque et Terry achève ses études de droit international. Quant à Kathleen, c'est une femme et il n'est pas douteux que comme tous les coureurs de filles sir Thomas était profondément misogyne.

– Attendez, dit le superintendant. « Coureur de filles », dites-vous ? C'est une expression forte et dans votre bouche...

– Tous ces propriétaires terriens écossais sont des phallocrates.

Forbes était ahuri. Lui qui, selon la classification du superintendant en retraite Jack Philip Cruesgrave, l'immortel auteur du *Manuel de l'enquête policière en 33 leçons*, avait placé Johanna Nelson parmi les « fair » (les clairs, les loyaux), il commençait à se demander s'il avait dès l'abord vu juste.

– Mademoiselle, votre franc-parler...

– Avez-vous personnellement eu à en souffrir ? demanda sir Ivory.

Elle baissa à nouveau la tête et considéra ses mains.

– Oh ! de manière insidieuse, bien sûr...

– Vous ne l'aimiez guère...

– Je détestais son caractère brutal et cette façon qu'il avait de me regarder. Cela dit, je sais qu'il s'est beaucoup investi pour la survie de nos plus nobles traditions. C'est ce qui l'avait rapproché de notre père. D'ailleurs, je ne doute pas que le peuple écossais va le regretter. Il avait été encore champion des lanceurs de troncs de mélèze, l'an dernier.

– De quoi s'agit-il ? demanda Forbes.

– Ah ! c'est vrai que vous êtes anglais...

– D'origine irlandaise, mademoiselle !

– Eh bien, il s'agit d'un concours qui nous vient du fond des âges. Des troncs de mélèze de trente ans sont dégagés de toutes leurs branches. Il s'agit de les lancer par la seule force des bras non pas le plus loin mais le plus droit possible. Il y faut de la force et de la précision. Sir Thomas était passé maître dans cette discipline.

– Une force de la nature, quoi...

– Avec toutes les qualités et tous les défauts de la nature, oui.

– Parfait, dit sir Ivory. Et si nous parlions un peu plus en détail de cette soirée, voulez-vous ? À quelle heure êtes-vous arrivés au manoir ?

– Vers cinq heures. Le temps était épouvantable, si bien que nous avions pensé rebrousser chemin et rentrer chez nous.

– Chez vos parents ?

– C'est exact.

– Continuez, je vous prie.

– Eh bien ! nous avons été accueillis par Peter et Terry. Puis presque aussitôt leur père est arrivé tel Jupiter tonnant. Malgré l'orage et le vent, il voulait nous montrer à tout prix son *yearling*. Il nous a traînés dehors, ce qui était vraiment une preuve d'entêtement. Lorsqu'il a ouvert le battant supérieur du box qui abritait le cheval, un éclair nous a tous surpris, suivi d'un coup de tonnerre formidable. Le *yearling* a été pris de panique. Il fallait voir ce pauvre animal heurter les parois de son box. Il était comme fou. Or, au lieu de tenter d'apaiser cette bête, sir Thomas s'est mis à hurler puis il a rabattu avec violence le battant supérieur du box. On entendait le *yearling* qui continuait à se débattre. C'était horrible. Nous sommes tous revenus dans le manoir et, plus précisément, dans le salon où sir Thomas s'est emporté d'une manière inqualifiable. « Je ne suis aidé par personne ! Mes fils préfèrent les salons de thé d'Aberdeen ou d'Inverness à l'élevage des chevaux ! Ce sont des femmelettes, même pas capables de reconnaître un *Clydesdale* d'un mulet ! » et autres invectives de la même eau. J'étais outré mais les jumeaux avaient tellement l'habitude des colères de leur père qu'ils se tinrent cois en attendant qu'il veuille bien s'apaiser. Mais sir Thomas ne devait pas s'apaiser.

– Vous vous êtes mis à table vers quelle heure ?

– Assez tôt, à la mode paysanne. Vers six heures, je crois.

– Où était-ce ?

– Dans la grande cuisine dont une partie est aménagée en salle à manger. C'est Miss Craven qui était au fourneau et qui servait.

– Vous souvenez-vous du menu ?

– Naturellement. Un *haggis.* Vous savez ce que c'est ?

– Oh oui ! dit sir Malcolm. Lorsque j'étais jeune, un de mes collègues écossais m'avait invité à la chasse au *haggis* ! Vieille blague destinée aux Anglais. Le *haggis* est, en fait, de la panse de mouton farcie avec la fressure de l'animal. Par la suite, j'en ai moi-même cuisiné : sel, poivre, oignons, muscade, farine d'avoine et graisse de rognons. C'est bien cela, n'est-ce pas ?

Johanna Nelson fut stupéfaite et ravie.

– Hé ! C'est la première fois que j'entends un Anglais connaître les petits secrets du *haggis* ! Mais hier soir, c'était un *haggis* sans viande : haricots noirs, lentilles, champignons, carottes et tous les ingrédients que vous avez cités. C'est la coutume de cette région. Sir Thomas en était très fier, mais là encore ce fut l'occasion d'une algarade.

– Dites-nous.

– Je crois que Terry s'est plaint de devoir encore manger du *haggis*. Peter a emboîté le pas. Alors sir Thomas s'est levé, a jeté sa serviette dans son assiette et s'est écrié qu'il avait donné naissance à une progéniture décadente qui ne se délectait que des poisons alimentaires et des produits synthétiques importés d'Amérique. Kathleen a essayé de ramener le calme mais sir Thomas lui a intimé l'ordre de se taire, ce qui n'a rien arrangé. Là-dessus, Miss Craven est arrivée et a tenu tête à sir Thomas, disant que ce n'était pas la faute de Kathleen (qu'elle appelle Kath) si l'orage avait mis de l'électricité dans l'air.

– Il semble, dit sir Ivory, que Miss Craven ait été la seule personne capable de s'opposer ainsi à sir Thomas...

– Elle est là depuis si longtemps... Encore qu'elle sache garder ses distances. Mais sir Thomas a fort mal pris son intervention et l'a rudement remise à sa place. Le dîner s'est terminé dans un silence oppressant.

– Est-ce à ce moment que la question de votre mariage a été posée ? demanda Forbes.

– Ce fut plus tard, après que nous nous sommes retrouvés au salon. Le café y avait été servi.

– Par Miss Craven ?

– Attendez... Non, je ne crois pas. Peut-être boudait-elle à la suite des paroles blessantes que sir Thomas avait eues à son égard ? J'y suis ! C'est Peter qui a servi le café. Il était allé le chercher à la cuisine. Terry, lui, s'est occupé du whisky et du jus d'orange.

– Sir Thomas buvait beaucoup, n'est-ce pas ? demanda sir Ivory.

– En bon Écossais qui se respecte, et peut-être un peu plus... Uniquement du Glen Deveron, naturellement, et sec. Ou de la bitter, cette horreur de bière amère dont les hommes d'ici raffolent. Sir Thomas en avait d'ailleurs bu un bon litre durant le repas. Miss Craven la tirait au tonneau. Au salon, mon frère George l'a accompagné au whisky. Je me souviens que les jumeaux, selon leur habitude, ont bu du Drambuie. Kathleen et moi avons pris du jus d'orange.

– Revenons à cette histoire de mariage, voulez-vous ? fit sir Malcolm.

– Oh, c'est venu d'un coup ! Je veux dire que brusquement sir Thomas s'est adressé à Terry et lui a demandé à quelle date il convenait de fixer la date de notre mariage. Terry m'a regardé avec des yeux... comment vous décrire l'expression de ces yeux-là ? Il a répondu : « Père, il faut laisser les choses aller à leur pas. Je n'ai pas fini mes études, vous le savez bien. » Alors sir Thomas s'est tourné vers moi et s'est écrié : « J'en parlerai à votre père ! Vous êtes des inconscients ! Des fiançailles ne peuvent durer si longtemps ! » Je me suis levée. Je ne me souviens pas précisément des paroles que j'ai proférées, mais il est certain que j'ai crié. « Cessez, je vous prie, de vous mêler de nos affaires personnelles ! Nous ne sommes plus des enfants ! » ou quelque chose comme ça. Il a reçu cela comme si je lui avais donné un coup de poing en plein visage. Il s'est levé à son tour, renversant son verre qui s'est brisé, puis en maugréant il est sorti en direction de l'escalier du premier étage. Je ne devais plus le revoir vivant.

– Que s'est-il passé ensuite ?

L'atmosphère s'est légèrement détendue durant les deux heures qui ont suivi, durant lesquelles nous avons tous évité d'évoquer ce qui s'était passé. C'était la meilleure attitude à adopter, n'est-ce pas ? Chacun s'est étendu sur ses occupations. Nous avons parlé des derniers films, des livres à la mode ; enfin vous voyez...

Et puis il y a eu cette incroyable dispute entre Peter et Terry au sujet d'une paire de bottes qu'ils s'accusaient l'un l'autre d'avoir dépareillée. Le ton a monté très vite. George a réussi à les calmer. Ils en seraient peut-être venus aux mains.

– Ils se disputaient souvent ? demanda Forbes.

– Mon Dieu, jamais, au grand jamais ! Ce sont de vrais jumeaux et ils s'entendent admirablement. Je ne sais pas ce qui leur a pris hier soir. L'orage, sans doute... Jamais je n'avais entendu des coups de tonnerre pareils ! Le manoir en était tout ébranlé. Je vous avoue que je n'en menais pas large. Il faut dire que les événements de la soirée m'avaient déjà mise sur les nerfs. C'est alors que mon frère a eu une idée stupide. Il s'est pris à déclamer du Shakespeare de manière lugubre. Puis il a mis un disque sur le vieux pick-up, du Wagner, un extrait de *Parsifal*, je crois. Cette musique tonitruante vint s'ajouter au vacarme des éléments. Kathleen se mit à hurler, en proie à une véritable crise de nerfs. J'ai décidé de l'accompagner dans sa chambre et d'en profiter pour regagner la mienne. Il était 11 h 15 lorsque je me suis couchée.

– Et le fantôme ? demanda sir Malcolm. Ne l'avez-vous pas entendu ?

Johanna Nelson marqua un instant d'hésitation puis elle sourit.

– Pouvez-vous croire à ces sottises ?

– J'aime comprendre... Ne savez-vous pas que l'épouse décédée de sir Thomas viendrait errer dans le manoir ?

– Il est vrai que, ce matin, après la découverte du corps de sir Thomas, lorsque nous nous sommes retrouvés au salon en attendant la police, les garçons ont parlé de bruits étranges qu'ils avaient entendus après que Kathleen et moi les eûmes quittés et que le disque se fut achevé.

– Du côté de l'escalier du premier étage ? demanda le superintendant.

– Du côté de la cheminée du salon, à l'opposé de l'escalier, me semble-t-il. Il faudra le leur demander. Mais avec tout le vacarme extérieur, je ne vois pas quel autre bruit ils auraient pu entendre.

– Vous ne croyez pas si bien dire, mademoiselle. Mais revenons à vous. Avez-vous réussi à vous endormir immédiatement ?

– Oh non ! Je suis peut-être trop craintive

mais je tremblais de peur dans mon lit. Un volet claquait je ne sais où. Et ce vent, ces coups de tonnerre qui ne cessaient pas. Ensuite, le calme est revenu. Ce fut alors que je m'endormis.

– Vers quelle heure ?

– Je ne sais pas. Le temps me parut très long entre le moment où je me mis au lit et le moment où la nature s'apaisa. Peut-être 1 heure... Le fait est que lorsque je fus réveillée en sursaut par le coup de feu, je regardai à ma montre. Il était 1 h 10.

– Comment avez-vous su que c'était un coup de feu ? s'enquit sir Ivory.

– Oh, je ne l'ai pas su à ce moment-là ! Il y eut ce bruit dans le silence et je pensai que les coups de tonnerre reprenaient, mais quelques instants plus tard j'entendis des portes s'ouvrir, des voix. Je me levai, endossai ma robe de chambre et sortis dans le couloir. Il y avait là Kathleen, Peter, bientôt rejoints par George. C'est alors que j'ai appris que le bruit qui m'avait éveillée était un coup de feu.

– Qui vous l'a dit ?

– Je ne sais plus. Tout s'est passé très vite et dans une grande confusion. Peter frappa avec insistance à la porte du bureau d'où il était persuadé que venait le bruit. Comme personne ne répondait, il essaya d'ouvrir la porte. Elle était fermée à clé. Il courut donc à l'autre porte, celle qui donne directement sur la chambre de sir Thomas. Elle était également verrouillée. À ce moment nous entendîmes clairement le bruit d'un vase qui se casse. Alors, Peter et George revinrent à la porte du bureau et l'enfoncèrent. La lumière était éteinte. Peter actionna le commutateur. Ce fut à cet instant que nous vîmes sir Thomas étendu sur le sol. Peter était comme pétrifié devant ce grand corps. On voyait une flaque de sang sur la chemise blanche qu'il portait. George se pencha et aussitôt se relevant nous annonça qu'il était mort. Kathleen éclata en sanglots. Je la pris par les épaules et l'obligeai doucement à s'éloigner de cette tragique vision. Elle répétait : « Qui a bien pu faire ça ? » Peter et George nous suivirent disant qu'il ne fallait toucher à rien, que la police de Macduff devait être prévenue. George s'en chargea tandis que Peter allait réveiller Terry qui, lui, dormait paisiblement dans sa chambre. Dès qu'il fut debout et que son frère lui eut appris la nouvelle, il voulut se rendre auprès du corps mais Terry lui déconseilla de le faire.

Ainsi nous retrouvâmes-nous tous au salon en attendant la police.

– Et Miss Craven ? demanda sir Ivory.

– Ah ! en effet, j'oubliais. Au moment où nous allions descendre du premier étage, elle apparut en haut de l'escalier, en robe de chambre, elle aussi. Notre remue-ménage l'avait éveillée car sa chambre se trouve au rez-de-chaussée, juste au-dessous du bureau de sir Thomas, mais elle affirma n'avoir pas entendu le coup de feu. Elle aussi souhaita se rendre auprès du corps mais là encore nous lui déconseillâmes de le faire. Elle n'insista pas et alla à la cuisine nous préparer du café.

– Et donc personne n'est entré dans le bureau ou dans la chambre du défunt entre le moment où, après la découverte, vous en êtes tous sortis et le moment où le lieutenant MacGregor s'y rendit, résuma sir Ivory.

– C'est exact.

– Nous vous remercions, mademoiselle. Votre témoignage était très précis.

Elle se leva, fit un petit signe de tête en direction de chacun et sortit.

– Une personne fort élégante, remarqua sir Malcolm. Mais certainement une fine mouche.

Douglas, avez-vous compris si elle aime ou non Terry Stuart ?

– J'avoue que non.

– Wen Chang, allez prévenir le grand jeune homme avec un tricot de couleur rose que nous l'attendons. Ce gaillard m'a l'air d'être un curieux plaisantin. Un fils à papa, certainement.

Chapitre 6

George Nelson entra, dégingandé et fier d'être au monde. Le superintendant estima qu'il faisait partie de ces joueurs de tennis et de poker, amateurs de filles faciles, qui sous un aspect charmeur cachent une veulerie qui, selon la classification de Jack Philip Cruesgrave, en fait d'indécrottables « dirty » (sales, malhonnêtes, dévoyés).

– Asseyez-vous, dit Forbes d'un ton abrupt.

– Monsieur Nelson, commença sir Ivory, nous aimerions que vous répondiez à différentes questions. Et d'abord, comment avez-vous ressenti la soirée d'hier ?

– Amusante.

– Comment cela ? demanda le superintendant assez surpris.

– Oh ! sous savez, moi, ces vieux machins qui se prennent pour le centre du monde...

– Voulez-vous parler de sir Thomas Stuart ?

– De qui voulez-vous que je parle ?

Forbes s'insurgea.

– Écoutez, monsieur, il s'agit d'un interrogatoire sérieux ! Veuillez mesurer vos paroles, je vous prie !

– Très bien, très bien... Ne vous fâchez pas ! On voit que vous n'avez pas connu le personnage. Il était franchement grotesque sous des dehors de loup garou. Quant à la soirée d'hier, il a tout fait pour la gâcher, et moi, je vous le répète, loin de m'impressionner, son humeur de chien m'a plutôt fait sourire.

– Admettons, reprit Forbes. Mais il est mort, maintenant, assassiné. Cela vous fait toujours rire ?

– Évidemment non, mais entre nous il l'avait sûrement cherché...

– Expliquez-vous.

– Je veux simplement dire que lorsque l'on attire l'orage on court le risque d'être foudroyé.

– Puisque vous évoquez l'orage, parlez-nous de celui d'hier soir, proposa sir Malcolm.

– Du vrai grand Guignol ! On eût cru que

cette vieille bâtisse allait se disloquer... D'ailleurs si je n'avais eu à remettre à sir Thomas des papiers que mon père m'avait confiés, nous aurions rebroussé chemin, Johanna et moi.

– Quelle sorte de papiers ?

– Une enveloppe. J'ignore ce qu'elle contenait.

– Une grande enveloppe ?

– Grosse, surtout.

– Ce pouvait être de l'argent ?

– Je l'ignore. Je sais seulement que ce devait être précieux puisque mon père avait recommandé à ma sœur de bien veiller à ce que je ne l'égare pas. Il m'avait aussi précisé de la remettre en mains propres à ce vieux raseur, ce que j'ai fait.

– À quel moment ?

– Dès que je l'ai vu.

– Veuillez bien préciser.

– Attendez que je me souvienne... Lorsque nous sommes arrivés au manoir, nous avons été accueillis dans le hall par Peter et Terry. Puis sir Thomas est arrivé. Il voulait nous montrer un cheval. Je lui ai alors remis le paquet.

– Une enveloppe ou un paquet ? s'enquit Forbes.

George Nelson parut irrité par cette demande de précision.

– Une grosse enveloppe qui ressemblait à un paquet. Quelle différence ?

– Nous aimons les témoignages réfléchis, monsieur Nelson. Qu'a dit et qu'a fait sir Thomas lorsqu'il a eu en main cette grosse enveloppe ?

– Oh ! il ne m'a même pas remercié. Ce n'était pas son genre. Il a ronchonné, puis il nous a quittés quelques instants. Je pense qu'il est allé la ranger en lieu sûr.

– Où ?

– Comment voulez-vous que je le sache ?

– Et ensuite ?

– Lorsqu'il est revenu, il nous a emmenés devant les écuries afin de nous faire admirer son fameux cheval. Mais le temps était si détestable que nous sommes vite rentrés au manoir après avoir jeté un coup d'œil sur cette pauvre bête.

– Pourquoi « pauvre » ?

– Oh ! en fait, c'était plutôt ridicule. Le cheval avait peur de l'orage et se démenait dans son box comme un fou. Sir Thomas fut très vexé de ne pouvoir nous le présenter dans de meilleures conditions. Et moi, j'étais ravi qu'il en fût ainsi. Les chevaux ne m'intéressent pas et tout ce qui pouvait rabattre le caquet du vieux grognon me faisait plutôt plaisir.

– Vous êtes d'une nature moqueuse, monsieur Nelson... remarqua sir Ivory.

– J'aime voir la vie sous son meilleur angle.

– Et maintenant, poursuivit sir Malcolm, veuillez bien tenter de rassembler vos souvenirs pour répondre à ma question. Pendant le dîner et ensuite au salon où vous avez pris café et alcools, quelles ont été les allées et venues des uns et des autres ?

George Nelson fit la moue.

– C'est un drôle d'exercice que vous me demandez là...

– Essayez, je vous prie. Et d'abord pendant le repas.

– Nous étions dans la partie de la cuisine où avait été mis le couvert. Miss Craven servait. À un moment, je crois bien que sir Thomas s'est levé de table. Oui, c'est exact. Il a même dit qu'il allait vérifier si le palefrenier avait fait le nécessaire pour le cheval. Je suppose qu'il craignait que le *yearling* qu'il avait voulu nous montrer ne se soit blessé contre les parois du box. Il se démenait tellement !

– Il est resté longtemps absent ?

– Assez, oui. Ainsi, nous avons pu goûter au *haggis* tranquillement. Mais dès qu'il est revenu, sa mauvaise humeur a recommencé. Ses fils étaient des incapables. Il est parti dans une diatribe contre les États-Unis. Il m'a reproché de dévergonder son fils Peter alors que mon père a eu la gentillesse de l'embaucher à la banque. À un moment Kathleen a tenté de placer un mot. Il l'a rudoyée de façon si injuste que la gouvernante a dû s'en mêler. Alors sa colère s'est changée en une espèce de rage sénile. Il s'est mis à crier : « Et vous, Craven, si vous continuez, je mettrai tout sur la table, vous m'entendez ? » À mon avis, il ne savait plus ce qu'il disait. Il faut ajouter qu'il avait bu pas mal de bitter...

– Donc il est le seul à avoir quitté la table durant le dîner ? reprit sir Ivory.

George eut l'air de fouiller dans sa mémoire, puis il affirma :

– Certainement. Mais à quoi rime...

– Ensuite vous êtes venus vous asseoir au salon.

– Là, c'est plus compliqué parce que, si je me souviens bien, tout le monde est sorti à un moment ou à un autre.

– Essayez de vous rappeler ces sorties et ces entrées du salon dans l'ordre chronologique, insista sir Malcolm. Je sais que c'est difficile mais essayez de vous concentrer, de bien visionner la scène.

– Sir Thomas s'était un peu calmé lorsque nous passâmes au salon. Il demanda à l'un des jumeaux d'aller commander à Miss Craven de servir le café. Peter s'y rendit et ne revint qu'un peu plus tard, portant le plateau avec les tasses et la cafetière. Pendant ce temps, l'autre jumeau servait les alcools et les jus de fruit, sans avoir eu besoin de quitter la pièce, les bouteilles se trouvant dans un petit bar mobile, une sorte de charrette qui demeurait toujours au salon.

– Bien, et ensuite ?

– Ah, je me souviens ! Kathleen sortit pour se rendre à la petite salle de musique qui jouxte le salon. C'est son habitude, chaque soir, après le dîner, de jouer du piano. Une manie à laquelle, aux dires de ses frères, elle ne déroge jamais. Entre nous, il est vraisemblable qu'elle avait très peur de l'orage qui, à ce moment, s'acharnait sur le secteur et qu'elle cherchait aussi une diversion aux propos de son père. Johanna l'a accompagnée. Elles sont revenues au bout d'un quart d'heure. Le vacarme extérieur était tel qu'il couvrait presque le son du piano.

– Sir Thomas était toujours là, remarqua Forbes.

– Il buvait whisky sur whisky. Au moins trois ou quatre. Et dès que les filles sont revenues du piano, il a mis la question du mariage de ma sœur et de Terry sur le tapis. Terry lui a répondu que rien ne pressait, et comme le vieux insistait encore, Johanna est montée sur ses grands chevaux. Elle criait : « Cela ne vous regarde pas ! D'ailleurs je sais bien pourquoi vous voulez tant nous marier ! » Il a demandé : « Et, selon vous, quelle en serait la raison ? » Mais Johanna en resta là et lui tourna le dos. Alors il se leva brusquement, bousculant la table. Son verre tomba sur le plancher et se brisa. Je vous l'ai dit : c'était grotesque.

– Et sir Thomas est sorti, n'est-ce pas ?

– Pas tout de suite. Il s'est approché de Kathleen et lui a demandé de le suivre. Elle a répondu : « Dans un moment. » Il a insisté. Elle a répété : « Dans un moment. » C'est alors qu'il est sorti du salon plutôt furieux.

– Pour gagner son appartement...

– Je l'ignore. Sans doute...

– Quelle heure était-il ?

– Nous avions dîné tôt, à 6 heures. Le repas a duré à peu près une heure. Nous sommes donc venus au salon vers 7 heures. Je pense que près de deux heures se sont écoulées avant que sir Thomas nous quitte. Oui, son départ a dû avoir lieu entre 8 h 30 et 9 heures au plus tard.

– Parfait, dit sir Ivory. C'est là un point très important. Vous le comprenez ?

– Oh ! moi, vous savez...

– Revenons-en aux allées et venues après le départ de sir Thomas du salon.

– Voyons... Le vieux étant parti, l'atmosphère s'est d'abord détendue. Nous avons parlé de tout et de rien tandis que l'orage continuait à faire trembler le manoir. À un moment, l'un des jumeaux est sorti. Je crois que c'était Terry. Non, Terry est sorti plus tard... Ce fut d'abord Peter. Il devait se rendre à la cuisine, je crois.

– Y est-il resté longtemps ?

– Dix minutes, un quart d'heure, peut-être... Cela dit, maintenant que nous en parlons, je me souviens que lorsqu'il est revenu, il était mouillé. Il s'essuyait le visage avec son mouchoir. Il s'est assis à côté de son frère et lui a parlé à voix basse. C'est alors que Terry s'est levé à son tour et a quitté le salon. Kathleen a demandé : « Il se passe quelque chose ? – Mais non, mais non » a répondu Peter, et les conversations ont repris normalement.

– Et lorsque Terry est revenu, il était mouillé, lui aussi, affirma sir Malcolm.

– Je n'y avais pas prêté attention jusqu'à maintenant, mais effectivement, vous avez raison ! Ils sont sortis du manoir l'un après l'autre. Pour aller voir le cheval blessé, peut-être... Mais ils n'en ont rien dit.

– Terry est resté dehors durant le même temps que Peter ? demanda le superintendant.

– Oui, je pense, encore qu'à ce moment-là nous étions en pleine conversation au sujet de certaines superstitions écossaises...

– Lesquelles ?

– Oh ! de ces choses ridicules que se colportent les gens du peuple...

– De quoi parliez-vous au juste ? insista sir Ivory.

– Eh bien, des fantômes... Je sais que c'est enfantin mais l'ambiance s'y prêtait. Inutile de vous préciser que je n'y crois pas.

– Ne dit-on pas que l'épouse de sir Thomas,

morte en accouchant de Kathleen, réapparaîtrait de temps en temps ?

– Stupide ! La chère femme repose à jamais sous une dalle de granit, et c'est bien comme ça.

– Votre sœur nous parlait de bruits singuliers...

Son visage s'éclaira.

– Ah, je vois ce que vous voulez dire... Mais, je vous en prie, ne prenez pas tout cela au sérieux. C'est proprement risible.

– Vous êtes un esprit fort, monsieur Nelson... Revenons-en à nos allées et venues, voulez-vous ?

– Je dois vous avouer que j'avais un peu trop bu, moi aussi. À un moment je me mis à déclamer la tirade d'Hamlet sur le crâne du bouffon Yorick. L'orage ponctuait mes paroles. Je me trouvais extraordinaire. Mais, en fait, je devais être minable. Les filles avaient peur de l'orage et j'en rajoutais, ce qui m'amusait follement. Or, pendant que je pérorais, les deux frères s'étaient mis à se chamailler. Lorsque j'eus achevé le monologue, je compris qu'il y allait d'une histoire de bottes très confuse mais qui semblait leur tenir à cœur, si bien qu'ils en seraient venus aux mains si je ne les avais séparés.

– Nous les interrogerons à ce sujet, affirma Forbes. Et pendant que vous faisiez le comédien, quelqu'un est-il sorti du salon ?

Il hésita.

– Non, je ne pense pas. Johanna et Kathleen m'apostrophèrent, me demandant de cesser mes plaisanteries. Je relevai le défi en plaçant sur le pick-up un disque de *la Walkyrie*, vous savez, ce machin tonitruant de Wagner... Et alors là, ce fut la débandade ! Les filles se levèrent, me traitant de tous les noms. Kathleen hurlait. Les jumeaux, eux, restaient dans leur coin. On aurait dit qu'ils boudaient. C'est ce qui me fit comprendre que j'avais vraiment exagéré. Je suivis de peu les deux filles et me rendis dans la chambre qui m'avait été attribuée au premier étage. En fait, le cœur me tournait. Je m'étendis un instant puis me relevai pour soulager mon estomac aux toilettes, après quoi je me baignai le visage et revins au salon.

– Lorsque vous étiez au premier étage, vous n'avez croisé personne ?

– Je vous l'aurais dit. Les filles étaient déjà rentrées dans leurs chambres respectives. Du moins, je le suppose...

– Vous n'avez rien remarqué de suspect ?

Les deux portes de l'appartement de sir Thomas étaient-elles fermées ?

– Je pense que oui.

– Pendant votre absence, les jumeaux étaient donc restés seuls au salon ?

– Oui, mais lorsque je suis revenu, ils n'étaient plus là. Et comme j'allais les chercher du côté de la cuisine, je les ai vus qui arrivaient dans le hall, venant de l'extérieur. Ils avaient l'air abattu. Je leur ai demandé ce qui n'allait pas. Ils m'ont répondu d'un air vague : « Rien, rien. » Ils ont retiré leur imperméable et leur chapeau, puis nous sommes revenus tous au salon.

– De quoi avez-vous parlé à ce moment-là ?

– Comme je pensais qu'ils avaient été voir le cheval blessé dans le box, j'ai engagé la conversation sur lui, mais ils ne poursuivirent pas dans ce sens. Cela dit, je sais qu'ils sont comme moi ; les chevaux ne les intéressent pas. Ils les trouvent méchants et stupides.

– Et ensuite, monsieur Nelson ?

– Ah, vous me pressez comme un citron, vous ! Ensuite ? Eh bien ensuite, il y eut le bruit dans la cheminée. Je vous en parle parce que les jumeaux vous en parleront certainement, mais je vous l'ai dit, je ne crois pas au surnaturel. C'est bon pour les vieilles femmes.

– Quelle sorte de bruit ? demanda sir Ivory.

– Oh ! un choc comme celui d'une chaîne qui tomberait sur de la tôle.

– Pourquoi une chaîne ?

– Parce que... Comment dire ? Avant le choc il y eut comme le raclement d'une chaîne contre... contre je ne sais quoi, en vérité. C'est difficile à décrire.

À ce moment de l'interrogatoire, on frappa à la porte du bureau. C'était le sergent Cooper qui revenait avec les hommes du laboratoire.

– Je viens de prévenir la famille de la levée du corps. Souhaitez-vous y assister ?

– Certainement, répondit sir Malcolm. Nous allons vous suivre. Quant à vous, monsieur Nelson, veuillez bien rester à notre disposition. Nous reprendrons notre entretien dès que le corps de sir Thomas aura été emmené à fin d'autopsie.

– D'autopsie ? s'écria le jeune homme en souriant. Je crois que le vieux Stuart n'aurait pas aimé ça !

Chapitre 7

Le bureau dans lequel Thomas Stuart avait été abattu avait de nouveau été mis sous scellés par le sergent Cooper. Ce fut donc par la porte du fond du couloir que sir Ivory et Douglas Forbes pénétrèrent dans la chambre funèbre. George Nelson ne les avait pas accompagnés, ni d'ailleurs Wen Chang. Autour du lit se trouvaient ses trois enfants, Johanna Nelson et Miss Craven. Ils étaient là debout dans une attitude compassée. Il eût été difficile de déceler une marque de réelle tristesse sur leurs visages. Ils baissaient les yeux comme s'ils se recueillaient. Le silence était épais et gêné.

Peu de temps après l'arrivée de sir Ivory et du superintendant apparut un pasteur accompagné par un personnage dans lequel sir Malcolm devina un palefrenier. L'homme était d'une maigreur maladive dans des habits en loques. Un tic déformait ses traits à intervalles réguliers tandis que de ses lèvres épaisses sortait un curieux ahanement.

Le pasteur se plaça au pied du lit et prit la parole :

– Que le Dieu de toute miséricorde nous bénisse et bénisse ce corps désormais sans vie. Mes chères sœurs et mes chers frères, vous savez que la dépouille mortelle n'est rien. Ne vous attardez pas à sa déchéance. Tournez-vous vers l'âme qui s'en est envolée. Sir Thomas était un grand homme et un grand Écossais. C'est pourquoi son corps aura droit à des funérailles dignes de son destin. Mais ne vous attardez pas non plus à ces honneurs. Oui, tournez-vous vers l'âme qui s'est envolée. Elle a regagné son Créateur et de là-haut elle nous regarde, espérant de nous des prières. Aussi vais-je vous demander de chanter avec moi le psaume XXII, celui qui contient ces passages que notre cher disparu aimait particulièrement : « Et moi, ver et non pas homme, risée des gens, mépris du peuple, tous ceux qui me voient me bafouent, leur bouche ricane, ils hochent la tête : “Qu’il s’en remette à l’Éternel, qu’il le délivre ! Qu’il le libère, puisqu’il l’aime.” Et aussi : “Mon Dieu, mon Dieu, pourquoi m’as-tu abandonné ?” » Tous ensemble, je vous prie.

Le pasteur, de sa voix grave, entonna le psaume, suivi par tous, hormis sir Malcolm et Forbes qui n’en connaissaient pas les paroles. Il y avait quelque chose d’émouvant dans cet air dénaturé par des faussets sans doute habitués à le chanter au temple. Du coup, la figure de sir Thomas en était grandie et comme magnifiée. « Mais, pensa sir Ivory, pourquoi cet homme a-t-il aimé particulièrement ces paroles désespérées ? Était-ce depuis le décès de son épouse ? Son caractère s’était-il aigri à ce moment-là ? »

À l’issue du chant, le pasteur serra la main des enfants Stuart et s’en alla, reconduit par le palefrenier. Aussitôt le sergent Cooper entra et annonça que la levée du corps allait avoir lieu. Par discrétion, Johanna sortit à son tour. Forbes interrogea sir Malcolm du regard.

– Nous restons, lui souffla ce dernier.

Les deux hommes du laboratoire entrèrent, tâchant de ne pas avoir plus de présence que des ombres. L’un d’eux ôta la Bible et la posa sur la table de nuit. Chacun put alors remarquer le bout des doigts de la main gauche salis par l'encre noire. En ce moment pénible chacun respecta le silence. Bientôt, une civière emmena le redoutable maître des lieux. Dès qu'il eut passé la porte, l'un des jumeaux (celui qui portait un costume strict et une cravate noire) s'approcha du superintendant.

– Sir, dit-il à voix basse, cette autopsie est-elle vraiment indispensable ?

– C'est la loi. Je n'ai aucune possibilité de l'empêcher, fit Douglas Forbes d'un ton péremptoire.

Le jeune homme, à ce moment, parut s'émouvoir. Des larmes lui montèrent aux yeux. Sans doute venait-il seulement de réaliser que son père était mort. Il se détourna et vint vers son frère. Ils s'embrassèrent tandis que leur sœur demeurait à l'écart, les yeux subitement rouges, elle aussi. Miss Craven s'approcha alors d'elle et l'embrassa avec chaleur. Puis ils descendirent tous au rez-de-chaussée en un profond silence.

Le pasteur attendait au salon qu'on lui servît une tasse de café. Sir Ivory se présenta à lui et la conversation commença.

– Monsieur le pasteur, si je comprends bien, vous connaissiez sir Thomas assez intimement.

– Il était un des fidèles de la paroisse, très ponctuel aux offices.

– Sa mort tragique vous a t-elle étonné ?

– Étonné ? Mon Dieu, j'en fus stupéfait et j'en demeure effondré. Un homme de cette qualité, de cette rigueur... Cette mort est incompréhensible.

– À votre avis, monsieur le pasteur, poursuivit sir Malcolm, pourquoi sir Thomas appréciait-il tout particulièrement le psaume XXII ?

– Sir Thomas avait été très secoué par le décès de son épouse. Il lui fallut longtemps pour remonter la pente, comme on dit. Et puis il n'était pas satisfait de ses fils. Il avait l'impression qu'ils étaient trop intellectuels et aussi trop rêveurs. Il eût aimé qu'ils lui ressemblent mais, en fait, les deux garçons tiennent surtout de leur mère.

– Vous l'avez bien connue ?

– C'était une artiste. Elle peignait de charmants paysages et réussissait assez bien dans le portrait. Au demeurant, elle était une excellente paroissienne, très croyante, très bonne avec nos pauvres. Une belle âme ! Nous l'avons tous beaucoup regrettée.

– Voyez-vous quoi que ce soit qui puisse éclairer notre enquête ? demanda le superintendant.

L'homme aux petites lunettes réfléchit un instant.

– Vous savez, nous, hommes d'Église, ne sommes pas là pour juger. Le seul jugement appartient à Dieu. Non, hélas, je ne vois pas en quoi je pourrais vous aider.

Miss Craven apporta au pasteur une tasse de café et quelques gâteaux. Sir Malcolm et Douglas Forbes le quittèrent. Puis, revenus dans le bureau du bas, ils demandèrent à Wen Chang de leur amener George Nelson, ce qu'il fit.

– Vous n'avez pas assisté à la levée du corps... remarqua le superintendant.

– Je ne suis pas hypocrite. Et puis tous ces salamalecs m'exaspèrent.

– Parfait, commença sir Ivory. Reprenons donc notre intéressant entretien.

– Vous trouvez ça intéressant ?

– Plus que vous ne pouvez l'imaginer, monsieur Nelson. Et donc nous en étions au bruit. Vous l'avez nettement perçu malgré l'orage ?

– C'était un bruit différent du vent ou du

tonnerre mais assez fort pour qu'on puisse l'entendre distinctement. Cela dit, je vous conseille de ne pas trop vous étendre là-dessus.

– Jeune homme, vous n'avez aucun conseil à nous donner ! s'écria Forbes.

– Ce bruit venait de quel endroit ? enchaîna sir Ivory.

– De la cheminée.

– À l'opposé de l'escalier qui monte à l'étage, n'est-ce pas ?

– C'est exact.

– Était-elle allumée ?

– Elle l'avait été, mais comme nous ne l'alimentions pas, elle s'était éteinte. Ce qui n'avait d'ailleurs aucune importance puisque le manoir est chauffé à l'air pulsé. Il y a une chaudière à la cave qui s'allume automatiquement dès que la température est trop basse. Ce qui était le cas hier soir et cette nuit, naturellement.

– Venons-en donc à la fin de la soirée.

– Nous sommes montés nous coucher après avoir longuement épilogué sur le bruit. Les deux frères sont superstitieux, je regrette de devoir le dire.

– Ils croient à l'authenticité du fantôme de leur mère ? demanda Forbes assez surpris.

– Ils sont émotifs. Ce qui peut se comprendre. Ils ont perdu leur mère alors qu'ils avaient huit ou neuf ans. Il se sont inventé cette histoire afin de la garder un peu auprès d'eux. En un sens c'est risible mais que voulez-vous ? On se console comme on peut...

– Donc, reprit sir Malcolm, si je comprends bien, vous êtes restés dans ce salon à parler d'événements surnaturels puis vous vous êtes séparés. Comment cela s'est-il passé ?

– Nous sommes montés au premier étage et avons regagné nos chambres respectives.

– Quelle heure était-il ?

– Je ne sais pas exactement. L'orage ne cessait pas. Il y avait un livre dans ma chambre. Je me suis assis dans le fauteuil et j'ai lu.

– Tout habillé ?

– C'est exact.

– Quel était le livre ?

– Oh ! vous allez rire... Les aventures de Mickey Mouse !

– Une bande dessinée ! fit Douglas Forbes avec un certain mépris.

– Je ne suis pas du genre intellectuel. Est-ce un crime ?

Sir Ivory reprit :

– Et pendant combien de temps avez-vous lu, monsieur Nelson ?

– Je n'avais pas sommeil. D'ailleurs le livre était un recueil d'une dizaine d'histoires dont certaines que je découvrais. Bref, brusquement je m'aperçus que les coups de tonnerre avaient cessé. Instinctivement j'ai regardé ma montre. Il était minuit et demi. Comme il me restait encore deux histoires à lire, j'ai décidé de ne pas me coucher immédiatement. C'est un peu plus tard qu'il y eut le coup de feu, alors que j'allais me déshabiller et me mettre au lit.

– Combien de temps entre minuit et demi et ce coup de feu ?

– Je n'ai pas eu la présence d'esprit de regarder l'heure. Peut-être une demi-heure...

– Comment avez-vous su que c'était un coup de feu ?

– Ce ne pouvait pas être un pétard, n'est-ce pas ? Ou le bruit d'un pot d'échappement... D'ailleurs, presque aussitôt j'entendis des portes s'ouvrir et des voix. Je sortis donc et retrouvai Peter, Kathleen et ma sœur dans le couloir. Ils étaient en pyjama sous leur robe de chambre.

– Terry n'était pas là.

– Il dormait. Peter l'a réveillé plus tard.

– Qu'avez-vous fait alors ?

– Nous avons frappé à la porte du bureau de sir Thomas. Le coup de feu venait indéniablement de ce côté-là.

– Comment en êtes-vous si certain ? demanda Forbes.

– La chambre d'amis dans laquelle je me trouvais est située presque au bout du couloir, en face de la porte de la chambre à coucher de sir Thomas. Le bruit venait de l'autre extrémité du couloir, c'est-à-dire du côté de l'escalier qui mène au rez-de-chaussée.

Le superintendant consulta le carnet à élastique dans lequel il avait tracé le plan du premier étage du manoir.

– Oui, fit-il. C'est plausible. Et ensuite ?

– La porte du bureau était fermée à clé. Nous sommes allés à l'autre porte, celle de la chambre de sir Thomas. Nous avons de nouveau frappé. N'obtenant aucune réponse, nous sommes revenus à la porte du bureau et l'avons enfoncée, Peter et moi. C'est là que nous avons découvert le corps.

– La lumière était-elle allumée ? demanda sir Ivory.

– Non. Un rai de lumière venant du couloir

éclairait le corps. Ensuite, Peter a allumé puis s'est approché de son père. On voyait du sang sur sa chemise blanche. Nous comprîmes tout de suite qu'il était mort. Kathleen a éclaté en sanglots. Johanna était effarée. Bref, il fallait les arracher à ce spectacle et comme j'avais gardé mon sang-froid, je demandai que l'on ne touchât à rien et fis sortir tout le monde dans le couloir.

– Combien de temps êtes-vous restés les uns et les autres dans le bureau ?

– Oh ! quelques minutes, pas davantage. Deux, trois minutes, peut-être... Aurais-je dû chronométrer ?

Forbes eut quelque mal à ne pas s'emporter.

– Gardez votre ironie, monsieur Nelson. Nous enquêtons sur un assassinat, ne l'oubliez pas.

– Et je suis suspect, naturellement...

– Comme tout le monde. Vous étiez le seul à être encore habillé lorsque le coup de feu a éclaté. Et qui nous prouve que vous avez lu ces historiettes pour enfants ?

Sir Ivory reprit :

– Veuillez bien vous concentrer. Durant ces quelques minutes où vous êtes resté dans le bureau, qu'avez-vous remarqué ?

– À part le corps ? Attendez... Il y avait des papiers épars sur le sol. J'ai alors pensé que c'était un cambriolage qui avait mal tourné.

– C'est tout ?

– Je pensais surtout à faire sortir Kathleen et Johanna de cette pièce. Non. Rien d'autre.

– Puisque vous pensiez qu'il s'agissait d'un cambriolage, n'avez-vous pas songé que le meurtrier pouvait fort bien se trouver dans la chambre ?

– Dans la chambre ? À côté ?

– La porte de séparation entre le bureau et la chambre était-elle ouverte ou fermée ?

– Je ne sais pas. Je n'ai pas regardé. En tout cas, je ne m'en souviens plus. Mais vous croyez que...

Sir Malcolm exposa son idée.

– Pendant que vous étiez tous dans le bureau, quelqu'un qui était caché dans la chambre a pu sortir dans le couloir et monter au deuxième étage où il est resté en attendant que vous regagniez le salon.

– Impossible ! La porte de la chambre donnant sur le couloir était également fermée à clé, fit remarquer George Nelson. Personne ne pouvait entrer ni sortir de l'appartement de sir

Thomas, sauf à enfoncer une des deux portes, ce que nous avons fait.

– Pourtant, poursuivit sir Ivory, d'après votre sœur, alors qu'avant la découverte du corps vous étiez dans le couloir, vous avez entendu le bruit d'un vase qui se brise sur le sol, et cela à l'intérieur du bureau...

– Oui, j'oubliais ce détail. C'est ma foi vrai ! Comment est-ce possible ?

– Nous savons que sir Thomas était mort depuis quelques heures lorsqu'on a tiré sur son cadavre. Il s'agit du coup de feu qui a réveillé les autres et qui a attiré votre attention. Du moins peut-on le penser. Or, celui qui a tiré était encore dans l'appartement lorsque vous êtes sortis de votre chambre puisque vous avez entendu ce vase tomber et se casser. Sans doute l'avait-il fait basculer dans sa hâte en se rendant compte que, l'orage étant terminé, on avait dû entendre distinctement son coup de feu. De ce fait, on allait tenter d'entrer, ce qui avait toute chance de le faire découvrir... Mais voilà ! Les portes étaient fermées à clé. Où est-il passé ?

– Il est sorti par une fenêtre, proposa Nelson brusquement intéressé par le problème.

– Impossible ! Non seulement les fenêtres mais les volets étaient fermés.

– Il s'est caché dans un placard ou sous le lit, hasarda encore le jeune homme.

– Non plus. Il n'y a ni placard ni armoire dans la chambre de sir Thomas, qui est d'une austérité voisine de la pauvreté. Ses costumes sont suspendus à un portique ouvert destiné à recevoir les cintres. Reste, évidemment, la salle de bains où l'assassin aurait pu se cacher en attendant que vous vous éloigniez. Mais n'était-ce pas risqué ? Et puis, de toute façon, la porte de la chambre étant fermée à clé, il ne risquait pas de sortir par là.

– Pourquoi pas ? demanda Forbes. La clé étant sur la serrure à l'intérieur, il pouvait sortir à son aise...

– Mais il n'y avait pas de clé sur la serrure fermée de la chambre, objecta sir Ivory. Je l'ai vérifié. À moins que le meurtrier après être sorti ne se soit appliqué à verrouiller la porte derrière lui et n'ait emporté la clé. Dans la précipitation du moment, est-ce vraisemblable ?

– Encore un mystère de la chambre close..., fit le superintendant perplexe.

On entendit alors la voix de Wen Chang qui

jusqu'à ce moment était resté silencieux dans son coin.

– Fantôme capable traverser les murs, maître Malcolm.

Chapitre 8

Le jumeau qui pénétra dans le bureau était Peter. Il portait un costume strict avec gilet et cravate noire comme l'exigeait certainement son travail à la banque Nelson. Son visage était d'une grande douceur mais les yeux étaient vifs, les lèvres plutôt gourmandes. Une mèche de ses cheveux auburn tombait sur son large front.

– Monsieur Terry je présume..., commença le superintendant Forbes.

– Pardonnez-moi, fit le jeune homme. Terry est mon frère. Mais rassurez-vous, tout le monde s'y trompe.

Il s'assit comme le lui proposait sir Ivory. Puis il reprit :

– Messieurs, il faut nous excuser si nous vous recevons de façon si peu amène. Nous sommes sous le coup de cette mort affreuse et j'avoue que nous avons du mal à sortir de notre hébétude.

– Comme dit toujours Mme Forbes, mon épouse, la disparition d'un père vous rend adulte d'un seul coup. C'est bien vrai.

– Monsieur Peter Stuart, commença sir Malcolm, il est regrettable que dans de telles circonstances nous devions vous interroger de façon trop intime. Mais, vous le savez, nous sommes soumis au secret et notre honneur est de nous y tenir.

– Je n'en doute pas. Faites comme vous l'entendez pourvu que vous parveniez à découvrir le meurtrier de notre père.

– Vous n'avez aucune idée de qui il pourrait s'agir ? demanda Forbes.

– Pas le moins du monde. Un rôdeur, peut-être...

– Évidemment pas, monsieur Peter, fit sir Ivory. Imaginez-vous un rôdeur qui tue votre malheureux père et qui revient quelques heures plus tard pour tirer une deuxième fois sur son cadavre ?

Peter Stuart prit sa tête entre ses mains en un geste effaré.

– Alors, qui cela peut-il être ? Je sais bien que notre père n'était pas commode mais de là à vouloir sa mort... Personne dans cette maison n'en est capable, évidemment.

– Et pourtant, dit Forbes, c'est arrivé. Étant donné les circonstances, seul l'un de ceux qui se trouvaient au manoir hier soir a pu réaliser ce crime odieux.

– À ce propos, demanda sir Malcolm, combien avez-vous de domestiques ?

– Lennox, notre palefrenier. Vous l'avez aperçu à la levée du corps. Il y a aussi Margie, sa mère, qui n'a plus toute sa tête mais qui est utile pour différentes tâches subalternes. Et puis, naturellement, Miss Craven, la major-dome.

– Qui, depuis le temps, doit faire partie de la famille...

– Oh ! ne croyez pas ça. Elle sait garder ses distances. Notre père n'aurait pas aimé que la moindre familiarité puisse s'instaurer entre une domestique et nous.

– Je pensais que sir Thomas avait besoin de davantage de personnel, fit remarquer sir Ivory.

– Mon père voulait tout faire par lui-même. Il trouvait que les gens d'aujourd'hui ne savent pas travailler. Il en a renvoyé plus d'un.

– Il vous critiquait également, vous et votre frère, n'est-ce pas ?

– Il aurait souhaité que nous nous occupions de ses chevaux mais ce n'était pas du tout notre vocation.

– Vous venez d'être embauché à la banque Nelson d'Inverness, et votre frère Terry termine ses études d'avocat international. Est-ce bien cela ?

– Il est en dernière année et fait un stage dans un grand bureau d'affaires à Aberdeen.

– Alors, comment se fait-il que vous étiez hier soir ici tous les deux ?

– Notre père nous avait convoqués. Il avait quelque chose d'important à nous dire.

– Et il vous en a parlé ?

– Je n'en suis pas certain.

– Comment cela ?

– Eh bien ! peut-être voulait-il parler du mariage qu'il avait manigancé entre Johanna et Terry. Et si c'était le cas, il en a effectivement parlé lors de la soirée. Mais il me semble qu'il y avait autre chose...

– Vous ne devinez pas de quoi il aurait pu s'agir ?

– Vraiment non, mais je suis intimement persuadé qu'il voulait nous révéler je ne sais quoi. C'est le ton qu'il avait en me parlant au téléphone qui me fait penser à ça.

Sir Ivory changea brusquement de sujet. C'était son habitude ou plutôt sa tactique. Il aimait désarçonner ceux qu'il questionnait par ces virevoltes inattendues.

– Monsieur Peter, savez-vous ce que contenait le paquet que remit hier votre ami George Nelson à sir Thomas dès qu'il arriva au manoir ?

– Je crois qu'il s'agissait d'argent liquide. Sans doute notre père avait-il demandé à la banque Nelson de le lui apporter. Comme George devait venir au manoir, son père le lui a confié. C'est ce que j'ai pensé, en tout cas.

– Où croyez-vous que sir Thomas aura rangé ce paquet ?

– Dans le petit coffre de son bureau du premier étage. C'était son habitude.

– Pourquoi aurait-il eu besoin de cet argent liquide ?

– Je l'ignore. Peut-être voulait-il acheter un nouveau cheval... Ici, entre gens de la terre, les transactions se concluent presque toujours avec des liquidités. Ce n'est pas très légal, évidemment, mais c'est l'habitude.

– Vous aviez remarqué que ce petit coffre mural était resté ouvert et qu'il était vide ?

– C'est ce qui m'a fait penser à un rôdeur.

– Votre père portait-il sur lui la clé de ce coffre ?

– Je le crois.

– On l'aurait donc abattu, puis le meurtrier se serait emparé sur lui de cette clé et aurait ouvert le coffre, ayant ainsi accès à l'argent que M. Nelson avait remis à votre père.

– Mon Dieu, c'est possible, en effet ! s'écria Peter Stuart soudain très troublé. Ce serait donc un crime crapuleux...

– Ce qui n'explique pas le deuxième coup de revolver, fit remarquer sir Ivory. Mais, dites-moi, monsieur, lorsque durant la soirée dernière vous êtes sorti du salon et que vous vous êtes rendu dehors, qu'êtes-vous allé faire ? La bourrasque faisait rage. Vous êtes revenu mouillé, nous a dit votre ami George.

– Je voulais m'assurer auprès de Lennox, le palefrenier, qu'un *yearling* n'avait pas été trop blessé dans son box. Cette pauvre bête avait eu peur d'un coup de tonnerre et s'était affolée au point de se jeter contre les parois. Lennox acheva sa soupe et m'accompagna jusqu'au box. Le *yearling* s'était apaisé bien qu'il fût blessé aux deux flancs.

– Je croyais que vous ne vous intéressiez pas aux chevaux..., fit le superintendant.

– Cette bête me faisait pitié.

– Vous êtes ensuite revenu dans le salon et avez conversé à voix basse avec votre frère...

Peter Stuart parut étonné.

– Vous en savez, des choses... Eh bien ! oui. J'ai expliqué à Terry que le *yearling* avait ces blessures aux flancs. Il a voulu aller voir et est sorti à son tour.

– Parfait, fit sir Malcolm. Mais dites-nous encore... Qu'est-ce que cette dispute avec votre frère au sujet d'une paire de bottes ?

Il se troubla, hésita, puis :

– L'orage m'avait mis sur les nerfs. J'ai cru que Terry avait utilisé mes bottes et qu'il en avait égaré une. Il faut que je vous avoue que ces bottes m'ont été offertes et que j'y tiens particulièrement.

– Ce que je ne m'explique pas, c'est que, brusquement, dans ce salon, vous vous êtes souvenu de cette botte et avez aussitôt accusé votre frère. Vous auriez pu le faire avant !

– J'avais vu une de ces bottes à côté du *yearling*. J'avais cherché l'autre et, ne l'ayant pas trouvée, j'ai cru que Terry l'avait égarée après s'en être servi. Il m'a juré que non et s'est même vexé que je puisse le soupçonner. C'est ainsi que le ton a monté d'autant que, dans le même temps, George faisait l'idiot en récitant du Shakespeare, ce qui nous énervait.

– Est-ce son habitude de « faire l'idiot », comme vous dites ? demanda Forbes qui, de sa minuscule écriture, ne cessait de prendre des notes sur son carnet à élastique.

– Il aime plaisanter et parfois il exagère, c'est vrai ; mais c'est un agréable compagnon.

– Que fait-il dans la vie ?

– Il vit. Vous savez, entre la fortune personnelle de sa mère et celle de son banquier de père, il n'a pas grand-chose à craindre de l'avenir. Johanna non plus, d'ailleurs...

Sir Ivory profita de l'évocation du nom de la jeune femme pour décocher une de ses flèches inattendues.

– À propos de Johanna... Est-elle, oui ou non, la fiancée de votre frère ?

Peter parut gêné, toussa dans son poing, s'éclaircit la gorge, hésita encore et se décida.

– C'est difficile à dire...

– Comment cela ?

– M. Nelson et sir Thomas souhaitaient vivement ce mariage mais ni Johanna ni Terry n'y tenaient vraiment.

– Pourquoi le père de Johanna voulait-il ce mariage ? Pour sir Thomas, on comprend aisément... Question d'argent. Mais pour le banquier ? La disproportion de situation financière est évidente...

– Il est vrai que l'élevage de notre père a beaucoup périclité ces dernières années, mais ce n'est pas sur ce plan-là que M. Nelson envisageait ce mariage, et l'envisage sûrement toujours. Le nom de Stuart est considéré en Écosse avec un immense respect, d'autant que notre père avait tout fait pour apparaître comme le champion des traditions des Highlands. Les Nelson auraient été honorés d'ajouter ce blason prestigieux à leur fortune roturière.

– Je comprends, fit sir Malcolm. Mais pourquoi Terry et pas vous, par exemple ? N'est-ce pas vous qui êtes entré dans la banque Nelson et non pas Terry ? Il y a là un paradoxe...

Peter Stuart considéra ses mains avec une trop grande attention, puis il dit :

– Je crois que ce choix est venu de la mère de Johanna. Vous ignorez sans doute que Terry n'est pas seulement juriste. Il est artiste dans l'âme, comme l'était notre chère maman. Au deuxième étage, les nombreuses peintures de notre mère témoignent de sa sensibilité, de son goût de l'harmonie. Terry a hérité d'elle et peint volontiers des paysages. Or Mme Nelson et notre mère étaient très amies, liées par leur amour commun de la beauté. La mère de Johanna retrouve dans Terry le souvenir de celle qu'elle appelle encore aujourd'hui « notre petite reine Mary ».

– En souvenir aussi de votre ancêtre, je suppose..., suggéra sir Ivory.

– Les Écossais lui sont demeurés fidèles. Elle est le symbole de notre race de même que le roi Bruce reste celui de notre liberté.

Peter Stuart avait haussé le ton et s'était redressé sur son siège en prononçant ces paroles. Il était visiblement fier de son ascendance. Le superintendant en fut ému. Mais sir Malcolm continuait de poser ses questions comme s'il n'avait aucun respect particulier pour la noblesse de tels sentiments.

– Monsieur Stuart, parlez-nous encore de votre mère, voulez-vous ?

– Nous avions huit ans lorsqu'elle a disparu en accouchant de Kathleen. C'est bien jeune pour se souvenir de quelque chose... Elle est demeurée dans notre mémoire comme une ombre et (comment vous expliquer cela ?) à la fois comme une ombre charmante, douce, affectueuse et comme une ombre forte, quasi encombrante qui ne cesse de nous hanter. Terry a toujours eu la même sensation que moi. On dirait qu'elle ne veut pas quitter ce manoir, vous comprenez...

– Puis-je me permettre de vous demander de préciser ce que vous venez d'exprimer ? demanda sir Malcolm.

Peter secoua la tête d'un air contrit.

– C'est très difficile... Ce n'était évidemment qu'une réaction d'enfants et sans doute ne faut-il pas en tenir compte... Il nous a semblé que notre chère maman en avait voulu à notre père de l'avoir mise enceinte alors que le médecin l'avait formellement interdit. Mais notre père a toujours été une nature, comme on dit, et notre mère était si belle...

– Vous voulez suggérer que lorsque vous avez été en âge de comprendre ces choses-là, vous avez plus ou moins consciemment accusé votre père d'avoir manqué de prudence, d'avoir fait passer son désir avant...

Peter coupa la parole à sir Malcolm.

– Je vous en prie ! Cessons cela !

– Pardonnez-moi. Notre devoir est cruel, parfois. Mais, dites-moi, cette très belle femme peinte dans le couloir du premier étage, entre les deux portes de l'appartement de sir Thomas, c'est bien votre mère, n'est-ce pas ?

– C'est elle, en effet. Chaque fois que nous entrons ou sortons de nos chambres, nous la rencontrons. Il nous semble qu'elle est là, toujours vivante, qu'elle nous conseille... Oh ! je ne suis pas certain que vous puissiez comprendre...

– Et Miss Craven ?

– Comment cela ?

– N'a-t-elle pas aidé sir Thomas à vous élever ?

– Lorsque nous étions enfants, c'est notre mère qui nous a élevés. Ce n'était pas le genre de notre père. Il a commencé à s'intéresser à nous lorsque nous sommes devenus adolescents. Il voulait que nous l'aidions dans ses tâches quotidiennes. Nous avions horreur de ça. Dès qu'il l'a compris, en guise de punition il nous a mis en pension, ce qui nous a d'ailleurs permis de faire nos études.

– Et donc c'est Miss Craven qui s'est occupée de vous à la mort de votre mère...

– Comme vous le comprenez, elle s'est surtout occupée de Kathleen qui était un bébé. Quant à Terry et moi, nous allions à l'école du village.

– Et comme tous les vrais jumeaux, vous vous entendiez fort bien..., dit sir Malcolm.

– Nous nous étions créé un monde à nous, c'est exact. Notre chère maman en était la bonne fée, naturellement.

– Et votre père ?

– Il n'appartenait pas à ce monde-là, c'est tout. D'ailleurs il s'est vite aperçu que nous étions très différents de lui. Il nous a reproché, en fait, d'être complices, de lui échapper. C'est alors qu'il nous a séparés en mettant Terry au collège d'Aberdeen et moi à celui d'Inverness. Il nous avait toujours interdit de nous habiller de la même façon. Il pensait que c'était pour notre bien. Il est d'ailleurs allé fort loin dans cette voie. Nous étions gauchers, comme lui. Il a voulu qu'à la petite école de Glen Deveron l'instituteur m'oblige à apprendre à écrire de la main droite, alors qu'il a souhaité que Terry écrive naturellement de la gauche.

– Vous êtes donc un gaucher contrarié, fit le superintendant. Mme Forbes, mon épouse, prétend que cette contrainte aiguise l'intelligence...

– Oh, je ne crois pas être plus intelligent que mon frère ! dit Peter Stuart en souriant.

– Eh bien, reprit sir Ivory, je crois que cette première conversation a été fructueuse. Quand devez-vous regagner Inverness ?

– Normalement j'aurais dû partir avec les Nelson, mais étant donné les circonstances...

– Je suis satisfait que vous demeuriez ici. D'ailleurs je pensais permettre aux Nelson de nous quitter mais nous avons changé d'avis. Mieux vaut que tout le monde reste au manoir durant le temps de l'enquête. N'est-ce pas, Douglas ?

– Certainement, certainement..., s'empressa d'opiner le superintendant.

– Toutefois, j'espère que votre enquête ne durera pas trop longtemps, dit Peter.

– Rassurez-vous, déclara sir Ivory. Nous commençons à y voir de plus en plus clair. Il ne m'étonnerait pas que nous en ayons fini bientôt.

– Bientôt ? fit Douglas Forbes lorsque le jeune homme fut sorti. Sauriez-vous déjà qui a assassiné sir Thomas ?

– Non, pas encore, mais de nombreux indices nous mettent sur la voie.

– Pour moi, je suis dans le brouillard le plus total..., avoua le superintendant.

– Consultez vos notes et vous en serez au même point que moi. Wen Chang, veuillez introduire l'autre jumeau, je vous prie.

Chapitre 9

Même taille, même visage, même mèche auburn tombant sur son front haut, Terry succéda à son frère dans le bureau où l'attendaient sir Malcolm Ivory et le superintendant Douglas Forbes.

Toutefois, au lieu d'être vêtu d'un costume trois-pièces, le jeune homme portait un chandail de cachemire blanc sur un pantalon noir de velours côtelé.

– Monsieur Terry Stuart, commença Forbes, nous venons d'interroger votre frère Peter. Il a été d'une grande franchise et nous souhaitons que vous agissiez de même.

Le jeune homme parut inquiet et se mit à dévisager hâtivement Wen Chang, sir Malcolm et le superintendant. On eût dit un animal se rendant soudain compte qu'il est traqué.

– Que vous a-t-il dit ? s'écria-t-il d'une voix angoissée.

S'apercevant du trouble de Terry, sir Ivory se voulut rassurant.

– Ne vous inquiétez pas, cher monsieur, et asseyez-vous. Nous allons calmement converser. D'ailleurs, sachez que je n'appartiens pas à Scotland Yard. Je suis venu ici afin, en toute justice, de découvrir le meurtrier de votre père. Il va falloir nous y aider.

Peter s'assit de guinguois sur une chaise. Il était vraiment très mal à l'aise. Ses doigts tremblaient. Son visage était livide.

– Pardonnez-moi, fit-il d'une voix sourde, mais cette mort affreuse après cette soirée détestable...

– Je vais vous poser quelques questions préalables, dit le superintendant. Et d'abord, où habitez-vous d'habitude ?

– À Aberdeen où j'ai fait mes études de droit. J'ai loué une chambre à Castlegate. Vous devinez peut-être pourquoi...

– Non, admit Forbes. Et pourquoi donc ?

– Parce qu'au centre de cette place se trouve

la Mercat Cross, croix qui se dresse sur un piédestal où sont représentées les effigies des Stuart.

– Vous êtes donc très attaché à vos nobles origines...

– Évidemment ! s'écria-t-il d'un ton rogue.

Il avait repris courage à l'évocation de sa famille. Sir Malcolm en déduisit qu'il avait trouvé ainsi un palliatif pour surmonter son émotion. Souvent les timides ont de ces accès brusques pour masquer leur difficulté à communiquer. Forbes poursuivit :

– Pourquoi avez-vous choisi de préférence l'université de droit d'Aberdeen ?

– J'y avais fait mes études précédentes et, de toute façon, Aberdeen est un port international qui convient parfaitement au stage que j'effectue chez Dogg and Rusty.

– Vous y travaillez toute la semaine...

– Naturellement. Du lundi matin au vendredi soir. Actuellement je m'initie aux problèmes douaniers.

Sir Malcolm prit la parole.

– Votre frère vous a décrit comme un artiste, tout comme l'était votre mère...

Son visage de blanc tourna soudain au rouge. Il se tortilla sur son siège et, en balbutiant :

– Il n'aurait pas dû dire ça.

– Qu'y aurait-il de mal à avoir l'âme d'un poète ou d'un peintre ? Votre mère...

– Oui, je sais. Ma mère était un grand peintre, d'une sensibilité exceptionnelle. Moi, vous savez, je ne fais que barbouiller...

– Votre frère ne le pense pas.

Terry accueillit cette nouvelle avec un plaisir évident. Comme tous les grands émotifs, il passait d'un état à un autre à une rapidité déconcertante. Sir Ivory profita de cet instant pour changer de registre.

– Monsieur Stuart, êtes-vous, oui ou non, fiancé avec Mlle Nelson ?

– Avec Johanna ? Non, bien sûr que non !

– Votre père voulait ce mariage...

– Ni Johanna ni moi ne le souhaitons. Notre père avait des œillères et s'entêtait.

– Pourtant Johanna est une jeune femme charmante et riche...

– C'est ce qui intéressait notre père. Pas moi. D'ailleurs, comme Peter a dû vous le révéler, c'est lui qu'elle aime et non pas moi.

– Johanna et Peter..., fit le superintendant fort surpris.

– Mme Nelson, la mère de Johanna, me préfère à Peter parce qu'elle retrouve en moi, paraît-il, le tempérament de notre chère maman. Elle a influencé son mari qui, entre nous, est si occupé par sa banque qu'il ne s'est aperçu de rien. Mais ça n'a pas de sens !

Sir Ivory reprit :

– Est-ce pour parler de ce mariage que sir Thomas vous a convoqués à cette réunion au château ?

– Peut-être... Dans son aveuglement il voulait fixer la date du mariage. Et puis il voulait que nous admirions son nouveau *yearling*, ce qui, par parenthèse, a complètement raté à cause de l'orage.

– Votre frère pense qu'il y avait une autre raison.

– C'est possible, en effet. Au téléphone il avait l'air de nous promettre une surprise...

– Et vous ne savez toujours pas de quelle surprise il pouvait bien s'agir...

– Il attendait sans doute le lendemain pour nous en parler. Et puis il est mort.

– Comment avez-vous appris sa disparition ?

– Je dormais. Peter est venu me réveiller et m'a expliqué ce qu'il en était.

– Le coup de feu ne vous avait pas réveillé ?

– Non. Vous savez, la soirée avait été fatigante. Tous ces coups de tonnerre nous avaient mis sur les nerfs. J'ai eu du mal à m'endormir et puis, lorsque le sommeil m'a gagné, il a dû être très profond.

Sir Ivory poursuivit :

– Et donc, lorsque vous avez appris la nouvelle, vous vous êtes rendu auprès du corps de sir Thomas...

– Non, pas à ce moment-là. Je suis sans doute trop émotif si bien que Peter m'a conseillé de ne pas me rendre dans le bureau où gisait notre père. Je me suis recueilli devant sa dépouille après que ma sœur et Miss Craven l'ont revêtu de ses habits traditionnels et l'ont exposé sur le lit de sa chambre. C'était étrange de le voir comme ça, immobile, lui qui était si vivant... Une phrase s'est mise à tourner dans ma tête : « Nous sommes orphelins. Nous sommes orphelins. » Puis je me suis rendu dans le couloir devant le portrait de notre chère maman, et c'est alors que j'ai pleuré.

Une larme coula le long de sa joue qu'il essuya furtivement du revers de sa main.

– Ce sont de tristes moments, laissa tomber le superintendant.

Il y eut un instant de silence puis sir Malcolm reprit :

– Cher monsieur Stuart, vous ne vous intéressez pas aux chevaux, n'est-ce pas ?

– Pas de la façon dont notre père l'aurait voulu. Vous m'imaginez en train de bouchonner un cheval, en train de remuer du fumier avec une fourche ?

– Et pourtant vous êtes sorti malgré l'orage pour aller vous rendre compte de l'état du *yearling*...

– Mon père s'était mal conduit. Cette pauvre bête était affolée par les éclairs, le tonnerre... Elle s'était blessée aux parois de son box. Mon frère et moi avons eu pitié d'elle. D'ailleurs, je vais vous l'avouer... Je me suis identifié à cet animal qui se débattait comme il le pouvait. Entre les mains de notre père, nous avions été comme ce *yearling* prisonnier de son enclos trop étroit.

– Mais, depuis que vous aviez été mis en pension, vous vous étiez libérés, n'est-ce pas ?

– Oh non ! Il nous fallait revenir tous les week-ends et tous les week-ends les reproches recommençaient. La semaine entière en était gâchée. Comment vous expliquer cela ? Notre père nous dominait par sa stature physique et morale. Tous les Écossais vous le diront : c'était un chêne. Et je ne sais si vous êtes comme moi, je n'ai jamais pu dialoguer avec un chêne...

– Avait-il été si marqué par le décès de votre mère ? demanda sir Malcolm.

– Nous avions huit ans. Comment aurions-nous pu mesurer la différence entre ce qu'il était du temps de notre chère maman et après qu'elle nous eut quittés ? En fait, il avait une idée très haute de l'autorité. Il était le chef du clan, et quel clan ! Je crois que nous l'avons toujours redouté, mais davantage par respect que par peur de ses colères.

– Parlez-nous un peu de votre sœur, je vous prie.

– Kathleen ? Lorsqu'elle est née, elle a tout de suite été pour mon frère et pour moi une sorte d'adorable jouet qui compensait un peu la douleur d'avoir perdu notre mère. Miss Craven n'aimait pas que nous tournions ainsi autour d'elle. Et puis, au fur et à mesure des années, elle s'est mise à ressembler de plus en plus à notre père. Elle adorait passer des heures à cheval. « C'est elle le garçon », répétait Miss Craven. Et, en un sens, c'était vrai.

– Pensez-vous, poursuivit sir Ivory, qu'elle s'est reproché, inconsciemment ou non, d'avoir mis fin aux jours de sa mère en naissant ?

– Peut-être... Je n'en sais rien. Kathleen est très secrète, vous savez... Avec Peter, par le fait que nous sommes jumeaux, nous avons toujours formé un duo très serré. Notre sœur l'a forcément senti. Il lui arrivait de nous reprocher de vivre ailleurs, répétant ainsi ce que disait notre père. Mais nous n'étions pas ailleurs. Nous avions seulement une façon plus intériorisée de considérer l'existence. Du coup, Kathleen a cru que nous la délaissions. Elle s'est renfermée.

– Des disputes ? demanda Forbes.

– Non, plutôt une distance. Et puis vous savez ce que c'est. Peter vit à présent à Inverness et moi à Aberdeen. Kathleen est restée au manoir. Lorsque nous sommes réunis, nous sommes heureux de nous retrouver, mais sans grande effusion.

– Vous voulez dire, reprit sir Ivory, que vous retrouvez votre frère avec plus de joie que votre sœur...

Terry Stuart se troubla et, perdant pied de nouveau, balbutia :

– Ce n'est pas ce que je voulais exprimer... Nous aimons bien Kathleen, naturellement. Mais enfin nous sommes jumeaux, Peter et moi ! Même éloignés l'un de l'autre nous ressentons les mêmes émotions, nous partageons les mêmes pensées. Nous nous téléphonons souvent, à propos d'un film, d'une pièce de théâtre et nous avons toujours les mêmes goûts. Avec Kathleen c'est forcément différent.

– Pourtant, il vous arrive de vous disputer avec votre frère..., fit Douglas Forbes. À propos de bottes, par exemple...

– Oh ! Peter vous en a parlé... Que vous a-t-il dit ?

– C'est nous qui interrogeons, monsieur Stuart.

– Eh bien, mon frère possède une paire de bottes qu'il aime particulièrement. Elle lui a été offerte par Johanna. Il se trouve que lorsqu'il est allé aux écuries, hier soir, il n'en a trouvé qu'une. Il m'a accusé d'avoir utilisé ses bottes et d'en avoir égaré une. Mais c'était faux. Alors nous nous sommes disputés.

– Au point d'en venir aux mains ?

– Sûrement pas, mais nous étions tous les deux très énervés par le comportement de notre père et par cet orage qui n'en finissait pas.

Sir Malcolm sortit du gousset de son gilet le petit tube en cloisonné de Chine que Creed, le grand parfumeur, lui avait confectionné pour qu'il puisse inhaler le mélange de cannelle, de cuir de Russie et d'encens qu'il lui avait préparé. Lorsqu'il en eut consciencieusement respiré la fragrance par la narine droite puis par la gauche, il remit l'inhalateur dans sa poche avec un petit coup sec du poignet. Puis il changea de sujet.

– Cher monsieur, quels sont vos rapports personnels avec George Nelson ?

– Oh, il est surtout l'ami de mon frère ! Il amuse Peter mais il arrive aussi qu'il l'agace. C'est un joueur impénitent, vous savez, et même un incorrigible farceur... Un esprit indépendant, en tout cas.

– Comment cela ?

– Eh bien... Mais il vaudrait mieux que vous interrogiez Peter à son sujet. Je fréquente George assez peu puisque j'habite à Aberdeen, et lui, comme mon frère, à Inverness.

– Je reviens à votre sœur, dit sir Ivory. A-t-elle un fiancé, un ami de cœur ?

Terry Stuart se prit à sourire. C'était peut-être l'expression « ami de cœur » qui l'amusait. Puis, se reprenant :

– Elle sort rarement de la propriété, me semble-t-il. Notre père la tenait sous sa coupe. Maintenant peut-être parviendrait-elle à se libérer mais je n'en suis même pas certain.

– Et pourquoi donc ?

– Parce que l'absence est parfois plus pesante que la présence.

– Vous l'avez expérimenté après le départ de votre mère, n'est-ce pas ?

– Oh oui ! Peut-être l'avons-nous d'autant plus aimée qu'elle avait disparu. Et quand je dis « aimée », c'est « idolâtrée » que je devrais dire... Il est d'ailleurs possible que nous l'ayons, en grande partie, réinventée. Maintenant je m'en rends compte.

– Et le fantôme ? demanda sir Malcolm.

– Ah ! Peter vous a raconté... Eh bien oui, c'est vrai. Peu de temps après son départ, nous avons, Peter et moi, cru en toute bonne foi que notre chère maman était demeurée avec nous, qu'elle revenait nous parler, nous aimer... Elle nous bordait, nous racontait des histoires... À huit ans, nous avions besoin d'elle, vous comprenez...

Il était de nouveau au bord des larmes et tentait courageusement de les retenir.

– Miss Craven était heureusement là, suggéra sir Malcolm. Elle s'occupait bien de vous, n'est-ce pas ?

– Ce ne pouvait pas être la même chose... Et puis il fallait qu'elle s'occupe de Kathleen en priorité. C'était un nouveau-né, n'oubliez pas.

– Ne l'avez-vous jamais considérée comme une sorte de mère de remplacement ? demanda Forbes.

Terry eut une réaction brutale.

– Jamais de la vie ! Miss Craven est une employée très dévouée, très attentive mais ce n'est qu'une employée !

– Sir Thomas la traitait-il seulement comme une domestique ? reprit sir Ivory.

– Bien entendu ! Il était même très exigeant avec elle, souvent injuste. Cela dit, sans sa présence, qu'aurait-il fait de Kathleen et de nous ? Il lui fallait bien le reconnaître.

– Et donc, fit sir Malcolm, entre sir Thomas et elle... Car ce devait être une belle femme...

Le visage du jeune homme s'empourpra.

– Je comprends ce que vous voulez dire, mais je ne crois pas. Nous étions bien jeunes, n'est-ce pas, pour nous rendre compte de ces choses-là...

– Par la suite, n'avez-vous pas songé à cette possibilité ? On nous décrit sir Thomas comme un fort gaillard, un vrai Écossais, en somme...

– Il se vantait parfois de ses exploits de jeunesse. Il nous reprochait même de ne pas en faire autant. Mais ce n'était ni le genre de Peter ni le mien.

À ce moment, on frappa à la porte du bureau. C'était justement Miss Craven annonçant que le dîner était servi. « Elle est encore agréable à voir », pensa Forbes. Il dit :

– Veuillez bien nous excuser, mademoiselle, mais nous n'avons pas encore achevé nos interrogatoires. Nous pensions d'ailleurs dîner à l'auberge du village.

– Il n'en est pas question ! s'écria la gouvernante. Non, non, vos couverts sont mis.

– Nous acceptons donc, dit sir Ivory, mais en attendant, pourriez-vous montrer à Wen Chang, mon collaborateur, la chambre où il passera la nuit ?

– Ne vous suivra-t-il pas à l'auberge ?

– Non. Je souhaite que vous lui donniez une chambre dans l'aile des domestiques...

– Grands dieux, fit Miss Craven d'un air gêné, mais ce n'est pas possible !

– Et pourquoi donc ? demanda sir Malcolm.

Elle parut chercher une raison convenable de ne pas souscrire à la demande de sir Ivory. Puis elle dit :

– Ce n'est pas la place d'un gentleman...

– Ne vous inquiétez pas, mademoiselle. Wen Chang en a vu d'autres ! N'est-ce pas, mon ami ?

– Wen Chang satisfait et même très satisfait. Comme on dit en Chine : « la réalité est en toi-même, pas au-dehors. »

– Mademoiselle, je vais d'ailleurs vous accompagner avec Wen Chang, après quoi nous irons dîner pour répondre à votre si aimable invitation.

– Comme vous voudrez ! jeta Miss Craven visiblement très mécontente.

« C'est, en effet, une belle personne, pensa encore Forbes, mais elle n'aime pas qu'on la contrarie... Un sale caractère ! Avec sir Thomas ce devait être une guerre perpétuelle... Et qui sait si de cet affrontement ne naquit pas naguère une autre sorte de combat, non pas amoureux mais charnel ; quelque chose d'un peu barbare... » Mais aussitôt le superintendant s'en voulut d'avoir des idées aussi crues et en demanda intérieurement pardon à Mme Forbes, son épouse.

– Et donc, dit sir Ivory en se tournant vers Terry Stuart, nous allons en rester là. Mais, bien entendu, nous vous demandons de demeurer au manoir jusqu'à la fin de l'enquête. Elle ne saurait être longue.

– Vous croyez ? fit Miss Craven. Auriez-vous déjà des éléments ?

– Vous savez, mademoiselle, une enquête est pareille à un puzzle, mais un puzzle particulier. Sur la table, il y a des morceaux éparpillés un peu partout. Certains s'adaptent, d'autres non, parce qu'ils sont des leurres. Mais en apparence, ceux qui s'adapteront les uns aux autres ne sont pas différents de ceux qui sont truqués et qui, de ce fait, non seulement ne pourront jamais faire partie de l'ensemble, mais surtout rendent plus difficile la compréhension de l'assemblage. Vous voyez ce que je veux dire ?

– Pas très bien, avoua la majordome en replaçant une épingle dans son chignon.

Après quoi, suivie de sir Malcolm et de Wen Chang, elle sortit du bureau et gagna le hall d'entrée où avaient été laissés les bagages, tandis que le superintendant montait au premier étage.

Chapitre 10

Lorsque Miss Craven frappa à la porte, une vieille femme vint ouvrir. Elle était toute courbée, vêtue de modestes vêtements gris, et leva la tête de côté pour voir qui souhaitait entrer. De son visage ridé comme une pomme blette sortaient deux yeux globuleux et rouges qui lui donnaient un air halluciné.

– Ah ! la demoiselle..., fit-elle d'une voix chuintante.

Puis elle se retourna et en se dandinant repartit dans le couloir éclairé seulement par une maigre ampoule au bout de son fil.

– Je vous avais prévenus, dit Miss Craven.

Ils pénétrèrent dans une salle enténébrée, assez grande, qui devait servir de cuisine, de salon et de salle à manger, peut-être même de chambre à coucher. Le palefrenier Lennox était assis sur un banc, face à une longue table de bois brut comme on en rencontrait dans les anciennes fermes. Un verre et une bouteille de bière lui tenaient compagnie. À la vue des arrivants, il se leva gauchement et, tandis qu'une hideuse grimace déformait vivement son maigre visage, ôta sa casquette de cuir.

– Par saint George ! souffla-t-il. V'la du beau monde, qu'on se l'dise !

La majordome ne prêta guère attention à lui et, se tournant vers la vieille femme :

– Margie, fit-elle d'un ton sans réplique, ce monsieur chinois couchera ici ce soir. As-tu compris ?

La mère de Lennox ne répondit pas aussitôt, puis elle susurra une phrase quasi inaudible où il semblait être question d'un cheval.

– Que dites-vous, chère madame ? demanda le superintendant en s'approchant d'elle.

– Ne faites pas attention, prévint Miss Craven. Elle n'a plus toute sa tête.

– Peut-être bien, miss, mais ça n'empêche que c'est un grand malheur...

– Le décès de sir Thomas est, en effet, un

grand malheur, répéta Forbes. Vous aimiez beaucoup votre maître, n'est-ce pas ?

– Oh oui ! dit Lennox. C'était un vrai homme que cet homme-là... On n'en fera jamais plus de pareil, qu'on se l'dise...

– En effet, fit Miss Craven, toujours aussi excédée. Mais Margie, n'oublie pas, tu dois préparer le lit pour le monsieur chinois.

La vieille toussota et en hochant sa tête penchée avec une expression de réelle tristesse :

– N'empêche que c'est un grand malheur, poursuivit-elle. Il était là depuis que les petits étaient encore des enfants.

– Allons, Margie ! s'écria la gouvernante. Tu en as vu d'autres !

– Oh, pas comme ça ! Pas comme ça !

Miss Craven posa une main bienveillante sur l'épaule de la vieille femme ; puis elle la retira vivement, retrouvant son comportement digne et quelque peu agressif :

– Le dîner nous attend, dit-elle en regagnant le couloir.

– Où Wen Chang doit-il déposer son bagage ? demanda sir Malcolm.

– Margie s'en occupera, assura Miss Craven.

Ils se retrouvèrent dans la cour et gagnèrent

à grands pas le manoir. Le superintendant les attendait dans le hall d'entrée. Il grommela :

– Le lieutenant MacGregor a fermé à clé toutes les portes du premier étage dès son arrivée, dans la nuit, et a remis les clés au sergent Cooper. Je n'ai donc rien pu visiter. Même la porte d'accès au deuxième étage est fermée.

– Parce que vous allez fouiller toutes les chambres..., fit la gouvernante d'un ton pincé.

– C'est notre devoir, répondit Forbes. D'ailleurs le sergent Cooper va revenir dès ce soir. Durant votre absence il a téléphoné pour m'en avertir. Il m'a également précisé que l'autopsie se fera cette nuit.

– Ne faisons pas attendre le dîner, dit sir Ivory.

Ils entrèrent dans la cuisine où, selon l'habitude, le repas devait avoir lieu. Kathleen et les jumeaux s'y trouvaient déjà ainsi que les deux Nelson.

– Avec toutes ces portes fermées, je n'ai même pas pu me changer, fit observer Johanna.

– Oh ! vous êtes fort bien ainsi, dit gauchement Peter.

– Un rien l'habille..., lança George. Grâce au paternel elle serait fort capable de dévaliser tous les couturiers de Londres...

– Et toi, riposta Johanna, grâce à la générosité aveugle du paternel, comme tu l'appelles si élégamment, tu serais bien capable de ruiner notre banque sur le tapis vert...

– Il faut vivre dangereusement ! déclama George. Mais pour l'instant, puisque l'on a décidé en haut lieu de nous retenir ici, passons à table. Ces événements m'ont donné grand-faim.

Sir Malcolm se sentait mal à l'aise. Le bref séjour qu'il venait de faire dans les communs lui ouvrait une nouvelle perspective sur la psychologie de sir Thomas. Cet homme était avare, avare comme on peut l'être à la campagne, avec dureté. Il suffisait de constater la précarité anachronique dans laquelle il avait gardé son peu de domesticité pour comprendre à quel point cette avarice était doublée d'un sentiment de fierté, voire d'orgueil, ravalant tout autre, y compris ses enfants, au rang d'inférieurs juste bons à lui obéir. Sir Thomas n'avait gardé, hormis la gouvernante, que le squelettique Lennox et sa mère à moitié folle, ne pouvant supporter aucun autre domestique que ces deux épaves. Il y avait là quelque chose de terrifiant.

Le dîner commença en silence. La présence à

table de Scotland Yard devait paralyser tout le monde, sauf ce joyeux drille de George Nelson qui fut le premier à entamer la conversation sur le scandale du bingo qui venait d'éclater à Glasgow. Une chaîne de pub aurait manipulé le speaker de façon que seuls des comparses puissent gagner, et cela au détriment de centaines de vieilles dames adorant ce jeu généralement inoffensif. George se moqua de la déception de ces pauvres joueuses, affirmant en riant que la sottise était ainsi bien punie. Ce discours ne plut guère a Forbes mais il se tint coi, n'en pensant pas moins qu'il était indigne d'un jeune homme gâté par la fortune de se railler ainsi de dignes grand-mères britanniques.

Miss Craven ne cessait d'aller et venir du fond de la cuisine où elle avait préparé les plats à la table. Son couvert était mis entre Peter et Terry. Sir Malcolm en déduisit que c'était une disposition habituelle, vraisemblablement voulue par sir Thomas du temps où les jumeaux habitaient encore au manoir. Sir Thomas devait s'asseoir en face de la gouvernante, ayant ainsi Kathleen à sa gauche ou à sa droite, plutôt à sa droite puisque les gauchers préfèrent toujours être libres de leurs mouvements sur leur gauche.

Sir Ivory imaginait cette table à cinq avec le souvenir de la mère défunte ne cessant de peser sur l'esprit de tous, le père de mauvaise humeur ou racontant ses victoires aux championnats de lancer d'arbres, et peut-être même se vantant de ses exploits féminins. N'avait-il d'ailleurs pas essayé d'amener Miss Craven à partager sa couche ? Avait-elle accepté ? Comment le savoir ?

Après la salade de crevettes, un haddock fut servi. L'ensemble était d'excellente qualité et Forbes s'en réjouit. En revanche, il fut étonné de constater que Peter Stuart et George Nelson arrosaient le repas au whisky tandis que les autres se contentaient de l'eau de la cruche qui trônait au centre de la table.

Tous évitaient d'évoquer la mort de sir Thomas, mais sir Ivory nota qu'après le poisson un certain soulagement s'installa chez les convives. Peut-être se rendaient-ils seulement compte que le tyran domestique n'étant plus là, leur existence allait prendre un tour nouveau.

Miss Craven apporta un gâteau au fromage qu'elle demanda à Terry de couper. Le jeune homme prit le couteau en main, hésita et dit :

– C'était toujours notre père qui coupait les tranches et les distribuait.

Puis il tendit le couteau à son frère qui le refusa.

– Non, je t'en prie. À toi.

– Pourquoi moi ? demanda Terry.

On eut dit qu'il allait commettre un blasphème.

– À toi, Kath ! dit alors Miss Craven.

La jeune fille haussa les épaules et souffla d'un air agacé :

– Pourquoi tous ces embarras ?

Elle prit le couteau des mains de Terry, se leva pour approcher le plat et commença, debout, à découper le *cheesecake.*

Ce fut le moment où sir Malcolm décida d'en revenir à l'enquête.

– Pardonnez-moi, je vous prie, commença-t-il, mais il nous faut continuer notre devoir, tout pénible qu'il soit. Je sens bien l'incongruité d'une telle préoccupation alors que nous en arrivons au dessert après un repas si bien préparé, mais il y a une incongruité plus grande encore : la disparition violente d'un homme.

Kathleen se rassit, posa le couteau et dit avec force :

– N'auriez-vous pu attendre ?

– Je le regrette mais nous sommes seuls juges,

le superintendant et moi, de ce qu'il nous appartient de faire ou de dire. Vous êtes tous réunis et jusqu'à présent nous vous avons interrogé un à un, tous sauf vous, mademoiselle Kathleen.

– Ni moi ! ajouta Miss Craven.

– C'est exact. Et il m'apparaît nécessaire avant de reprendre nos interrogatoires personnels de vous poser à tous une même question.

– On pourrait peut-être manger le gâteau en même temps, suggéra George Nelson.

– À votre aise, répondit sir Malcolm. Et voici ma question : pourquoi aucun d'entre vous ne s'est-il exprimé au sujet de l'arme du crime ?

Ils se regardèrent tous, visiblement embarrassés. Puis Miss Craven prit la parole.

– Que pouvions-nous dire ?

– Existe-t-il ici une salle d'armes ?

– Oui, répondit Kathleen, si cet endroit mérite ce nom-là. Il s'agit de l'endroit où notre père rangeait ses carabines. C'est là aussi qu'il fabriquait ses cartouches pour la chasse.

– Où se trouve cette salle ?

– À côté des écuries, fit Peter.

– C'est exact, répéta Terry en écho.

– À part ces carabines, d'autres armes y sont-elles entreposées ?

– Deux ou trois poignards, des couteaux..., dit Kathleen.

– Pas d'armes de poing : pistolets, revolvers ?

– Pas que je sache. N'est-ce pas ?

Tous approuvèrent. Sir Ivory reprit :

– Et ailleurs, dans le manoir, dans la chambre ou le bureau de sir Thomas ?

La gouvernante expliqua :

– Il y a un revolver dans le tiroir du bureau de sir Thomas. Je l'ai vu souvent en faisant des rangements.

Sir Malcolm nota qu'elle disait « des rangements » pour éviter d'avouer qu'elle faisait le ménage.

– Quelle sorte de revolver ? Petit ? Gros ?

– Plutôt petit mais, vous savez, je ne m'y connais pas du tout dans ces choses-là. J'ai horreur des armes. Et après ce qui vient de se passer...

– Personne n'a rien d'autre à me révéler à ce sujet ? insista sir Malcolm. Vous, mademoiselle Kathleen, ignoriez-vous l'existence de ce revolver ?

– Non, bien sûr. Notre père me l'avait montré à je ne sais plus quelle occasion. Il avait appartenu à notre mère. Un souvenir de famille... Il y avait quelque chose comme de l'ivoire ou de la nacre sur la crosse. Mais vous croyez que c'est avec ce... cette chose que notre père a été...

– Nous verrons. En tout cas je peux vous apprendre que l'arme du crime n'a pas été retrouvée. Dans le cas contraire, le sergent Cooper nous en aurait parlé. C'est un policier très précis, ce sergent Cooper. Ses silences ont autant de valeur que ses dires. Quant à vous, messieurs Stuart, ne connaissiez-vous pas l'existence de ce revolver à la crosse de nacre ?

– C'est une relique de famille, répondit Peter. Je me demande même si ce revolver était capable de tirer.

– Vous ignoriez donc s'il était ou non chargé ? demanda le superintendant.

– Je ne me suis jamais posé cette question. Et toi, Terry ?

– Moi non plus. Je ne connais même pas la différence entre un pistolet et un revolver.

– Eh bien, je vous remercie, conclut sir Ivory en se levant de table. Quelle heure est-il ? Sept heures cinq. Parfait. Nous avons encore du temps devant nous. Miss Craven, je vous laisse à votre cuisine pour l'instant. Nous vous appellerons tout à l'heure. Vous, mademoiselle Kathleen, voulez-vous bien nous suivre, je vous prie ? Quant à vous, Wen Chang, je vous suggère de retourner auprès de Lennox et de sa mère. Parlez avec eux. Ils ont sûrement des choses à nous apprendre.

– Wen Chang comprend. Comme on dit en Chine : « Les petits connaissent plus que les grands. » Et après conversation, moi dormir.

– Sauf si vous apprenez quelque chose d'important. Nous resterons ici assez tard.

Le Chinois sortit tandis que Kathleen Stuart pénétrait dans le bureau du rez-de-chaussée, suivie de sir Ivory et de Douglas Forbes.

Chapitre 11

– Mademoiselle, commença Douglas Forbes de façon un peu trop solennelle, notre devoir nous oblige parfois à poser des questions sur des sujets quelque peu intimes, mais soyez assurée que la discrétion de Scotland Yard n'est pas un vain mot.

Kathleen Stuart se tenait bien droite sur sa chaise, vêtue de son costume noir de cavalière. Sir Ivory remarqua que son front et son menton avaient les mêmes traits têtus que ceux de sir Thomas sur son lit de mort.

– Et d'abord, poursuivit le superintendant, nous savons quel fut le malheur qui advint à votre naissance et croyez que ce n'est pas...

– Je vous en prie.

– Et donc c'est Miss Craven qui vous a élevée.

– Oui. Mon père l'avait choisie pour cela.

– Mais, bien entendu, une gouvernante ne remplace pas une mère...

– Évidemment.

– Quels furent et quels sont vos sentiments à l'égard de Miss Craven ?

– Normaux.

– Pas davantage ?

– Vous savez, notre père nous a toujours appris à garder notre rang.

– N'était-elle pas attachée au manoir du vivant même de feu votre mère ?

– Peut-être... Il faudra le lui demander. Il me semble que oui.

– Quels étaient les rapports de sir Thomas avec Miss Craven ?

– Il avait besoin d'elle pour nous élever, mes frères et moi. Je pense qu'il lui était reconnaissant de sa conscience professionnelle.

– Rien que cela ? s'étonna Forbes.

– Mon père ne faisait pas de sentiment, vous savez...

– Mais vous, mademoiselle, n'avez-vous jamais pensé que Miss Craven était autre chose qu'une gouvernante ? Quand vous étiez toute petite...

– Une grande sœur, plutôt. Mais elle gardait sa place, naturellement.

Sir Ivory prit la parole.

– Votre mère était une artiste, n'est-ce pas ?

– Elle peignait. Au deuxième étage où se trouvaient son appartement et son atelier, il y a un grand nombre de ses toiles. Je n'y connais pas grand-chose mais il me semble que ses paysages sont très réalistes. D'ailleurs c'est elle qui a fait son autoportrait, celui qui se trouve dans le couloir du premier étage. J'ai vérifié avec des photographies. C'est bien le même visage. Elle avait un don certain pour reproduire fidèlement la réalité.

– Vous ne vous sentez pas les mêmes dons qu'elle ?

Elle sourit.

– Oh non ! À part un peu de piano... C'est Terry qui a hérité d'elle.

Sir Ivory fixa brusquement la jeune fille que ce regard intimida.

– Mademoiselle, parlons un peu de la soirée d'hier, voulez-vous ? Et d'abord, au moment où sir Thomas allait quitter le salon pour rejoindre son appartement, il vous a demandé avec insistance de le suivre. Est-ce exact ?

– Ah ! vous savez cela ?

– George Nelson a une bonne mémoire...

– Il faut bien qu'il ait une petite qualité !

– Laissons cela. Êtes-vous allée le retrouver comme il le souhaitait ?

– Non.

– Pourquoi non ?

– Parce qu'il avait été odieux et que je craignais qu'il continue en aparté.

– Cela lui arrivait-il souvent de vous convoquer ainsi ?

– Non. Jamais à une heure pareille en tout cas.

– Et devinez-vous pourquoi il voulait vous parler ?

– Non plus.

– Sir Thomas avait demandé par téléphone à vos deux frères de se rendre au manoir pour leur faire part d'une surprise. Savez-vous de quoi il s'agit ?

– Sans doute de ce fameux mariage entre Johanna et Terry. C'était une idée fixe de notre père.

À son habitude, sir Malcolm changea brusquement de sujet.

– Mademoiselle, savez-vous ce que contenait

le paquet que George Nelson apporta hier à votre père ?

Elle parut surprise.

– Un paquet ? J'ignore de quoi il s'agit.

– Ce devait être des billets de banque. Si c'était le cas, pourquoi, à votre avis, avait-il besoin de cet argent en liquide ?

– Mon Dieu, je ne sais pas. Il avait l'habitude de régler toutes ses transactions de la main à la main. C'est une vieille coutume de la campagne.

– Il avait pourtant un compte un banque...

– À la banque Nelson, en effet. C'est d'ailleurs de ce compte que venait probablement l'argent. Les gens de la région se méfient des chèques.

– Revenons-en à la soirée d'hier. Vous n'êtes donc pas allée retrouver votre père comme il le demandait.

– Je vous l'ai dit ! Je suis restée au salon. J'avais peur de l'orage et je ne m'imaginais pas seule dans ma chambre. Et puis cet idiot de George a mis la conversation sur des histoires de fantômes. Ensuite il a placé sur le pick-up un morceau tonitruant de Wagner. Enfin, il s'est mis à déclamer du Shakespeare. Mes nerfs ont craqué. Je me souviens d'avoir hurlé, d'avoir injurié ce minable qui n'agissait ainsi que pour m'effrayer. C'est alors que Johanna m'a entraînée jusqu'à ma chambre où elle est demeurée très gentiment avec moi jusqu'à ce que les coups de tonnerre se calment.

– Quelle heure était-il lorsqu'elle vous a quittée ? demanda Forbes.

– Oh ! je suis navrée... Je n'ai pas regardé ma pendulette. Presque aussitôt après je me suis endormie. J'ai été réveillée par le claquement et les voix dans le couloir...

Le superintendant prenait des notes sur son carnet et en avait déjà couvert deux pages de sa minuscule écriture. Sir Ivory, lui, ne notait jamais rien. Sa mémoire des moindres détails ahurissait le superintendant.

– Vous disiez tout à l'heure que vous jouiez du piano, n'est-ce pas ?

– Pas très bien, je l'avoue, mais régulièrement après dîner.

– Et hier soir, vous avez fait de même...

– C'est vrai. J'ai essayé de jouer malgré le tapage extérieur mais j'ai vite dû y renoncer. Je n'arrivais pas à me concentrer. Un vrai récital de fausses notes ! Johanna vous le dira. Elle m'avait accompagnée dans la petite salle où se trouve l'instrument.

– Votre père admettait-il que vous jouiez du piano ? Cela ne lui ressemble guère...

– Oh ! pourvu que ce soient des morceaux tirés du folklore écossais ! Ce piano avait appartenu à notre mère et, au début, il ne voulait pas que je l'approche, pas plus que le second étage, d'ailleurs...

– Ne s'y rendait-il jamais ?

– Peu après la disparition de notre mère, sans doute... Je ne sais pas exactement. Il faudrait demander à Miss Craven.

– Et vos frères ?

– Ils y montaient en cachette, je le sais. Si notre père avait appris qu'ils transgressaient son interdiction, je crois qu'ils auraient passé un mauvais moment.

– Pourquoi cette interdiction ?

– Je vous l'ai dit. Il refusait tout sentiment. Par peur d'en souffrir, je crois. Un Stuart doit demeurer impavide devant le malheur.

– Pardonnez-moi mais il me faut être direct, ne buvait-il pas trop ?

Ses joues s'empourprèrent.

– Pourquoi le cacher ? Ses affaires périclitaient.

– N'était-ce pas la raison pour laquelle il souhaitait tant ce mariage avec Johanna Nelson ?

Elle se raidit et, d'une voix forte, s'écria :

– Je vous interdis de dire des choses pareilles ! Sans doute les ressources de l'élevage ont-elles diminué mais nous avons d'autres moyens de vivre !

– Excusez-moi, fit sir Malcolm fort impressionné par cette farouche fierté. Et donc si vous n'avez pas tenu à aller retrouver votre père, c'est aussi qu'ayant trop bu il vous faisait peur.

– Je l'avais rarement vu dans cet état. J'avais honte qu'il se soit montré ainsi devant nos amis. Et d'ailleurs Miss Craven m'avait prévenue.

– Comment cela ?

– Lorsque j'ai soulevé le couvercle du piano pour en jouer, j'ai trouvé sur le clavier un petit message d'elle m'enjoignant de ne pas me rendre dans le bureau de notre père.

– Était-ce une habitude entre vous de communiquer avec des petits papiers ?

– Non, c'était la première fois. Elle savait que j'allais jouer comme chaque soir. Elle ne pouvait me parler devant mon père. C'est le moyen qu'elle a trouvé pour me mettre en garde.

– J'aimerais lire ce message, dit sir Ivory.

– Je ne sais pas ce que j'en ai fait.

– Il faut vous en souvenir.

– Je sais que je l'ai jeté après l'avoir lu.

– À côté du piano, peut-être...

– Ah oui, c'est cela ! J'en ai fait une boulette et je l'ai jetée dans le vase qui se trouve sur le piano. Il doit y être encore. Mais quelle importance ?

Le superintendant se leva et sortit à la recherche du papier.

– Voyez-vous, mademoiselle, tout a une importance, reprit sir Ivory. Une enquête se dénoue toujours par une série de détails souvent anodins mais qui, en fait, signifient beaucoup. Vous souhaitez que le meurtrier de sir Thomas soit puni, n'est-ce pas ?

Elle murmura :

– J'ai peur, sir Ivory.

– Vous avez peur parce que vous savez que c'est l'un d'entre vous qui a commis cet acte infâme. Et au fond de vous, vous trouvez à chacun une bonne raison de l'avoir commis.

Elle ouvrit la bouche mais aucun son n'en sortit. Douglas Forbes revenait avec la boulette de papier que Kathleen avait annoncée. Il la tendit à sir Ivory qui, l'approchant de la lampe du bureau, la déplia soigneusement.

« Kath, je vous conjure de ne pas rencontrer votre père cette nuit. Je vous expliquerai pourquoi demain. C'est très grave. Obéissez-moi, je vous en supplie. »

– Eh ! fit le superintendant, le ton est plus pressant que vous ne nous le laissiez entendre...

– Et ce matin, Miss Craven vous a expliqué de quoi il retournait ? demanda sir Malcolm.

– Je le lui ai demandé. Elle m'a répondu : « Ce n'est plus la peine, à présent. » J'en ai déduit que notre père étant mort, ce qu'elle craignait n'avait plus aucune importance.

– Et à votre avis, que craignait-elle exactement ?

– Je vous l'ai dit : la fureur de notre père. Il était vraiment hors de lui. Miss Craven a eu peur qu'il me batte.

– C'était déjà arrivé ?

– Qu'il me batte ?

– Oui.

Elle hésita, considéra ses mains avec insistance, puis elle avoua :

– Il pouvait être très violent, même avec ceux qu'il aimait. Même avec ses chevaux. Même avec moi.

– Pensez-vous, mademoiselle, que vous étiez l'enfant préféré de sir Thomas ?

Cette fois elle répondit aussitôt et avec fierté :

– Certainement ! C'était d'ailleurs normal. Mes frères avaient leur monde à eux que notre père ne comprenait pas. Pour lui ils étaient trop rêveurs, trop intellectuels aussi. Ils se désintéressaient des chevaux, hormis d'un poney qu'ils avaient appelé Puck. Il est d'ailleurs toujours vivant bien que très vieux. Et vous ne pouvez pas savoir... Notre père était exaspéré par l'amour qu'ils portaient à cette bête. Il leur disait : « Vous ne vous intéressez qu'aux choses mièvres. » C'était injuste, bien entendu, mais il était ainsi fait ; trop entier sans doute.

– Alors que vous, mademoiselle, il appréciait vos qualités de cavalière...

– Pas seulement ! Alors que mes frères avaient quitté le manoir pour faire leurs études, j'étais restée avec lui. Bien qu'il ne l'ait jamais manifesté, je suis persuadée qu'il m'était reconnaissante de ce sacrifice.

– Vous auriez aimé faire des études, vous aussi ?

– Vétérinaire, oui.

Dès qu'elle eut prononcé ces mots, elle s'enferma dans un silence que les deux hommes respectèrent durant quelques minutes qui parurent interminables. Puis elle jeta un œil triste vers sir Ivory.

– Souhaitez-vous me poser d'autres questions ?

– Pas pour le moment, mademoiselle, dit Forbes après avoir consulté sir Malcolm du regard. Nous vous remercions de votre collaboration qui nous sera certainement très utile.

Kathleen Stuart se leva et allait sortir du bureau lorsque sir Ivory lui demanda brusquement :

– Est-ce l'habitude dans les Highlands de faire faire la toilette mortuaire par les femmes ?

Elle se retourna avec la vivacité d'un félin. Puis elle lança :

– Ces traditions sont idiotes ! Et d'ailleurs, croyez-vous que mes deux frères auraient souhaité s'en occuper ?

Sur ce trait, elle sortit indignée.

– Hé ! s'écria Forbes en rangeant son carnet à élastique, une femme de tête !

– Sans aucun doute. C'est elle la maîtresse du domaine, à présent. En tout cas, elle se conduit comme telle.

– Qu'en déduisez-vous ?

– Rien. Mais avouez, mon bon Douglas, que cette famille est toute faite de contrastes. Et puis, ne vous semble-t-il pas que le drame couvait depuis longtemps ? Un père abusif et rustre sous l'apparence d'un seigneur, le fantôme d'une mère artiste qui n'en finit pas de hanter la mémoire de ses fils, une fille qui se conduit comme un homme et, par-dessus le marché, une bien curieuse histoire de mariage et d'argent dont, pour l'instant, je n'arrive toujours pas à comprendre le fin mot. Sir Thomas tenait à marier Terry à Johanna Nelson, comme s'il ne se rendait pas compte que c'est Peter qui aime et est vraisemblablement aimé par la jeune fille. Et puis il y a cette querelle à propos de bottes...

– Mais, fit remarquer le superintendant, tout à l'heure vous disiez que cette affaire serait rapidement réglée. Pourtant je vois que tout comme moi vous ne comprenez pas très bien où nous en sommes...

– Mon cher ami, dit sir Ivory, je connais l'assassin. Et cela pour des raisons de pure logique. En revanche j'ignore totalement les raisons de son crime. Je ne peux donc vous prier de l'arrêter. C'est quelqu'un d'extrêmement fort, vous savez.

Forbes était stupéfait. Il demanda :

– Et vous comprenez pourquoi cette personne a tiré la deuxième fois sur le cadavre de sir Thomas ?

– Je crois en deviner la raison et l'autopsie me sera fort utile pour étayer mon hypothèse. Et d'ailleurs avez-vous noté une différence physique importante entre les deux garçons ?

– Terry est plus sensible, plus émotif que son frère...

– Je parle d'une différence physique. Vous ne voyez pas ?

– Ils s'habillent différemment...

– Rappelez-vous ce que nous a appris Peter Stuart. Sir Thomas avait demandé à l'instituteur de Glen Deveron de laisser Terry écrire naturellement de la main gauche tandis qu'il devait contraindre Peter à apprendre à écrire de la droite.

– C'est vrai. J'avais oublié, reconnut le superintendant. Et qu'en déduisez-vous ?

Sir Malcolm esquiva la question.

– J'avais tout de suite remarqué cette particularité. Terry porte sa montre-bracelet au poignet droit, comme le font certains gauchers, alors que Peter la porte à gauche comme tout le monde.

À ce moment, Wen Chang ouvrit la porte sans frapper et entra précipitamment. Il semblait très excité.

– Wen Chang, que se passe-t-il donc ? demanda vivement sir Ivory.

– Lennox demander à Wen Chang aide pour enterrer petit cheval mort...

– Le *yearling* serait-il mort ? s'écria Forbes.

– Pas *yearling*... Plus petit cheval.

– Le poney ? demanda sir Ivory. Le poney des jumeaux ?

– Mort le poney. Égorgé le poney. Vous venir voir.

Profondément troublés, les deux hommes suivirent Wen Chang en silence.

Chapitre 12

La nuit était totalement tombée. Le palefrenier Lennox conduisit sir Ivory et Douglas Forbes dans l'écurie où gisait Puck, le vieux poney qu'aimaient Terry et Peter Stuart depuis leur enfance. Le pauvre animal avait eu effectivement la gorge tranchée, vraisemblablement par un de ces rasoirs à l'ancienne que l'on appelle ici un « coupe-chou ». Beaucoup de sang s'était répandu sur les dalles et, à la lumière de la lampe à pétrole que tenait Lennox, on voyait distinctement des traces de pas sur cette sinistre flaque et d'autres qui allaient du poney vers la porte. Sir Malcolm les étudia, puis se relevant :

– Il y a là trois traces de pas différentes, remarqua-t-il. Veuillez bien y faire attention de façon qu'elles ne soient pas effacées. Quant au poney, je tiens à ce qu'un vétérinaire vienne immédiatement et nous dise l'heure probable de sa mort. Mais vous, Lennox, quand avez-vous découvert cet acte abject ?

– Ce matin. Quand j'ai donné à manger aux bêtes.

– Et pourquoi n'en avez-vous pas parlé lorsque nous sommes venus vous voir tout à l'heure.

Il baissa la tête.

– Lennox, j'insiste ! fit sir Ivory d'un ton bourru.

Et comme le palefrenier demeurait muet :

– Scotland Yard peut vous obliger à parler, s'écria le superintendant.

– Eh bien, je veux dire... Vous comprenez... Les jumeaux et Miss Craven m'avaient demandé...

– De ne pas nous en parler. C'est ça ?

– Ils disaient que ça compliquerait l'enquête sur la mort de sir Thomas, que ça n'avait aucun rapport, qu'on sel' dise... Et forcément c'est vrai. Ça n'a aucun rapport.

– C'est à nous d'en juger ! dit fermement Douglas Forbes. Et surtout, Lennox, ne vous avisez pas de toucher à quoi que ce soit ! Wen

Chang, vous êtes chargé de le surveiller. C'est compris ?

Ils sortirent de l'écurie. Une petite pluie fine recommençait à tomber. Or, à ce moment, une voiture de police entra dans la cour. C'était le sergent Cooper accompagné de trois agents.

– Vous arrivez bien, fit sir Ivory. Sergent, veuillez bien envoyer l'un des vôtres dans l'écurie afin de prendre des photographies. Mon collaborateur chinois lui expliquera de quoi il s'agit.

Ils entrèrent tous dans le hall du manoir.

– Alors ? demanda Forbes.

Toujours aussi rigoureux, le sergent récita sa leçon :

– L'autopsie se fera cette nuit. Nous aurons donc demain matin les premiers résultats. L'expert en balistique sera présent. J'ai remis les débris de l'ampoule de verre au spécialiste des toxiques. Maintenant nous sommes à vos ordres, sir.

– Eh bien, vous allez fouiller de fond en comble les chambres des enfants Stuart et celles des invités. C'est vous qui avez les clés, n'est-ce pas ?

– J'ai même demandé les doubles à la majordome.

– Excellent. Et donc personne n'a pu pénétrer dans ces chambres depuis qu'après le meurtre tout le monde y est revenu pour se vêtir ?

– Je le crois, sir.

Sir Malcolm prit la parole.

– Sergent Cooper, veuillez nous confier les clés de la dernière chambre à droite au premier étage ainsi que celle de la porte du fond qui donne sur l'escalier du deuxième étage. De même, nous désirons la clé de cette porte au premier étage, toujours à droite, face au tableau de feu Mme Stuart... Vous voyez ce que je veux dire ?

– Parfaitement, sir. C'est une lingerie. Voici les clés. Je les ai étiquetées. Je garde les doubles, si vous le permettez. Allez, vous autres, suivez-moi !

Et, rentrant dans le salon, la petite troupe de policiers tourna à gauche pour emprunter l'escalier,

– Allons-nous interroger les jeunes Stuart au sujet de ce malheureux poney ? demanda Forbes. Et Miss Craven ? Tout cela est très suspect, n'est-ce pas ?

– Suspect, certes, mais logique, répondit sir Ivory. Ma petite théorie y trouve de plus en plus de consistance. Toutefois, comme je vous l'ai déjà dit, je ne connais pas le mobile du meurtre de sir Thomas, même si, en revanche, je me doute de la raison pour laquelle le poney fut si lâchement sacrifié.

Le superintendant avait horreur que son grand ami parle ainsi par énigmes. Lors de chaque enquête, c'était la même chose et c'était vraiment agaçant. Mais Forbes savait qu'il était inutile d'insister pour que sir Ivory veuille bien s'expliquer. Il garderait pour lui jusqu'au bout ce qu'il appelait « le fil d'Ariane de ses chères méninges »...

En passant dans le salon, ils virent que Peter Stuart et George Nelson jouaient silencieusement aux cartes contre Kathleen et Johanna. Terry était assis dans un fauteuil et semblait perdu dans une insondable rêverie. Sir Malcolm s'approcha de lui et, à voix assez forte pour que tout le monde puisse l'entendre :

– Monsieur Stuart, pouvez-vous m'indiquer le numéro de téléphone du vétérinaire habituel de votre père, je vous prie ?

Le jeune homme devint blême et s'apprêtait à répondre lorsque, de la table où elle était en train de distribuer les cartes, Kathleen demanda :

– C'est pour le *yearling* ?

– Nous souhaitons seulement connaître le numéro de téléphone de ce praticien, fit le superintendant.

– Mais pour quoi faire ? insista la jeune fille.

– Cela concerne Scotland Yard, reprit Forbes d'un ton sans réplique.

– Bien, bien, maugréa Kathleen.

Et elle donna le numéro qu'elle connaissait par cœur, après quoi les deux enquêteurs regagnèrent le hall où ils avaient repéré un téléphone mural digne d'un musée. Le vétérinaire commença par biaiser, mais lorsqu'il eut compris qu'il avait à faire à la police, il promit de venir au manoir une heure plus tard.

Cela étant achevé, sir Ivory et Forbes montèrent au premier étage et constatèrent que les policiers étaient déjà à l'œuvre dans les chambres. Puis ils s'arrêtèrent un instant devant le portrait de Mme Stuart, et enfin se rendirent devant la porte du deuxième étage qu'ils ouvrirent.

L'appartement de la défunte se composait d'un vaste atelier et d'une chambre. Une seule ampoule demeurait en service sur le lustre de Murano qui éclairait la première salle. Une fine couche de poussière recouvrait le dessus de la cheminée de marbre tandis que l'ensemble des meubles avait été recouvert de housses blanches. Au bas des murs, de très nombreuses toiles sans cadre avaient été posées, la face cachée, comme le font tous les peintres. Un haut chevalet se dressait au milieu de l'atelier. Il était recouvert d'une housse, lui aussi. Sir Ivory s'en approcha et le découvrit. Apparut alors un tableau inachevé où le peintre avait saisi ses jumeaux dans une attitude de joueurs de croquet tout à fait saisissante de vérité. Ce devait être sa dernière œuvre. Personne n'avait osé la retirer du chevalet.

Les deux hommes retournèrent tous les tableaux qui étaient appuyés aux murs. Dans la pénombre apparurent des paysages, le manoir pris sous des angles divers, des portraits. Sir Malcolm en apprécia la qualité. Sans nul doute cette femme possédait des dons artistiques très réels.

– Cher Douglas, ne remarquez-vous pas quelque chose de curieux ?

– Je remarque surtout que l'endroit est plutôt lugubre. On croirait ressentir la présence de cette femme...

– C'est exact mais ce que je voulais vous

faire remarquer est d'un autre ordre. Parmi tous ces portraits, il n'y en a pas un seul de sir Thomas.

– Par saint Patrick, c'est ma foi vrai ! reconnut le superintendant. Peut-être ne voulait-il pas être peint... Avec son caractère, l'imaginez-vous en train de poser, et, qui plus est, devant une femme ?

Sir Ivory jeta un coup d'œil à la chambre à coucher. Là encore, tous les meubles avaient été mis sous housse sauf le lit à baldaquin qui, avec ses fines colonnes et ses parements roses, ressemblait davantage au lit d'une jeune fille qu'à celui d'une femme mariée. Sir Thomas montait-il dans ce lieu raffiné afin de rencontrer nuitamment son épouse ou lui intimait-il l'ordre de le rejoindre dans sa chambre austère du premier étage ?

Les deux hommes revinrent dans l'atelier. Sir Malcolm s'approcha de nouveau de la cheminée et s'accroupit, faisant signe à Forbes de le rejoindre et de l'imiter. Sur le plancher, face à l'âtre, se tenait un bougeoir dont la chandelle avait totalement brûlé, l'entourant de coulées de cire. Un morceau de ficelle de chanvre traînait à côté, dont l'extrémité était également brûlée. Or, sir Malcolm s'aperçut que l'autre bout de la ficelle avait été noué au barreau le plus haut d'une chaise, la seule qui d'ailleurs n'avait pas été recouverte par une housse.

– Qu'est-ce que c'est ? demanda le superintendant. Si je comprends bien, la ficelle était tendue à partir de la chaise. Lorsque la flamme de la bougie arriva à sa hauteur, elle fit se rompre le chanvre, L'autre partie de la ficelle lestée par un poids tomba dans le conduit de la cheminée.

– D'où le bruit entendu au salon hier soir, compléta sir Ivory. Rappelez-vous ce que nous disait George Nelson à ce sujet : une sorte de raclement de chaîne suivi d'un choc.

– Pourquoi cette mise en scène ?

– Tout simplement pour donner corps à la légende du spectre de Mary Stuart. Je parle de la mère des enfants, bien sûr...

– Vous croyez ? Mais dans quel but ?

Sir Ivory ne répondit pas, d'où Forbes en conclut qu'il n'en savait rien lui-même. Ils quittèrent l'atelier, refermèrent la porte à clé derrière eux et redescendirent au premier étage. Là, ils inspectèrent la première chambre au bout du couloir, la seule à n'avoir pas été habitée durant la nuit du meurtre. Le lit n'avait pas été préparé, aucun drap n'ayant été disposé dessus. Le superintendant retourna le matelas afin de vérifier qu'aucun objet n'aurait été caché dessous mais le sommier ne révéla rien. Le tiroir de la table de nuit et le placard étaient vides. L'endroit sentait le moisi.

– Passons à la lingerie, proposa sir Ivory.

C'était une petite pièce tout en longueur coincée entre la chambre de Kathleen et celle où Johanna Nelson avait passé la nuit. Une table de repassage se tenait sur un côté. De l'autre se trouvait une penderie où diverses chemises et sous-vêtements étaient suspendus. Au fond, sous la fenêtre, trois corbeilles de linge étaient alignées. Les deux hommes fouillèrent systématiquement le lieu. Et brusquement Forbes s'écria :

– Sir, dans cette corbeille, sous les draps, regardez...

Une grosse liasse de billets de banque apparut. Le superintendant sortit son stylo, le glissa sous l'élastique qui retenait le paquet afin de ne pas effacer les empreintes éventuelles.

– Et voilà l'argent que George Nelson a apporté à sir Thomas, dit sir Ivory.

– Sir Thomas l'aurait caché là ? demanda Forbes, étonné.

– Non, Douglas. Sir Thomas a rangé l'argent dans le petit coffre mural de son bureau. Puis quelqu'un s'en est emparé et l'a dissimulé à cet endroit en attendant de revenir le chercher. Toutefois, la porte ayant été fermée à clé par les soins de Cooper, il n'a pu récupérer le produit de son vol.

– Le crime aurait donc été crapuleux ?

– N'allez pas si vite, mon ami. En matière d'enquête, un et un n'ont jamais fait deux.

Puis sir Ivory sortit de son gousset l'inhalateur de chez Creed et en inspira une profonde bouffée tandis que Forbes, ne sachant que faire de la liasse qu'il tenait au bout de son stylo, héla le sergent Cooper.

– Tenez, sergent. Prenez délicatement ces billets afin d'en relever les empreintes. Vous voudrez bien également relever les empreintes que vous trouverez dans la chambre du fond, celle qui, la nuit dernière, était inoccupée, ajouta sir Malcolm.

– À vos ordres, sirs. Et, si je puis me permettre, pouvez-vous vous distraire un moment pour m'accompagner dans les chambres des jumeaux...

– Y avez-vous découvert un indice ? s'enquit Forbes.

– Pas exactement. Veuillez me suivre, je vous prie. Cette chambre est celle de Mlle Kathleen. Les deux suivantes sont celles des deux frères. Il m'a d'ailleurs été impossible de deviner laquelle appartenait à M. Terry, laquelle était à M. Peter...

Ils entrèrent dans la première chambre des garçons. Une porte intérieure communiquait avec la seconde. Effectivement, les deux pièces étaient meublées de la même façon. On eût dit des chambres d'enfants. Sans doute était-ce leur mère qui avait agencé ces deux lits étroits, ces deux petites armoires et ces deux petits bureaux en bois de pin. Aux murs, des posters avaient été épinglés, représentant le château de la Belle au bois dormant, Alice et le lapin blanc, un village sous la neige. Rien dans ces deux chambres n'avait été changé depuis la disparition de Mme Stuart.

Cooper ouvrit à deux battants le placard mural de la première chambre. Il y avait là des costumes stricts mais aussi des pantalons de velours, des chandails, bref la garde-robe d'un jeune adulte. Cooper, suivi de sir Malcolm et de Forbes, passa dans la deuxième chambre et ouvrit de la même façon le placard qui s'y trouvait également. Les mêmes habits y étaient suspendus : costumes stricts et habits plus désinvoltes.

– Qu'en déduisez-vous ? demanda Forbes au sergent.

– Sir, vous avez remarqué comme moi que nous ne pouvions distinguer entre eux les deux jumeaux que par leur habillement. Or ils ont exactement la même garde-robe tous les deux.

– C'est assez logique, me semble-t-il. Des jumeaux...

Sir Ivory prit la parole.

– Je comprends ce que suggère le sergent. Nous savons que tout a été mis en œuvre par sir Thomas pour que les deux enfants soient séparés l'un de l'autre et qu'ils aient des habitudes différentes, et cela jusqu'à obliger l'un d'eux à écrire de la main droite. Or nous constatons ici que, loin d'avoir deux garde-robes différentes, ils ont exactement la même. D'ailleurs leur mère leur avait agencé deux chambres identiques. Ceci est très intéressant car cela prouve que nos deux gaillards peuvent, s'ils le désirent, devenir interchangeables. Vous me suivez, Douglas ?

– N'avons-nous pas remarqué des différences

entre eux ? Par exemple, l'un est plus émotif que l'autre. C'est Terry.

– Certes ! s'écria sir Malcolm. Mais qui vous assure que celui qui s'est présenté à nous sous ce nom n'était pas l'autre ?

L'esprit de Forbes parut vaciller. Méconnaissant l'humour de son ami, il ne se rendait jamais compte du moment où ce dernier lui tendait un traquenard pour s'amuser gentiment de lui.

Chapitre 13

Miss Craven achevait de ranger la vaisselle dans un haut buffet de style campagnard lorsque sir Malcolm Ivory et le superintendant Douglas Forbes vinrent la retrouver à la cuisine. Elle s'essuya les mains à un torchon, replaça une mèche de cheveux indisciplinée derrière son oreille et demanda si ces messieurs désiraient un café.

– Mademoiselle, commença Forbes, il semble que vous n'ayez pas été très coopérative...

Elle l'interrompit assez sèchement :

– Que je sache, superintendant, vous avez jusqu'à présent interrogé tout le monde... sauf moi !

Forbes fut piqué au vif.

– Mademoiselle, permettez à Scotland Yard de s'organiser comme il l'entend.

Voyant que le dialogue s'amorçait plutôt mal, sir Malcolm s'interposa :

– Asseyons-nous, voulez-vous ? Nous discuterons plus à l'aise. Mais il est vrai, mademoiselle, que vous auriez dû nous avertir aussitôt de la mort cruelle de ce poney.

Elle s'assit posément et demanda :

– N'était-ce pas aux jumeaux de vous l'apprendre ? L'ont-ils fait ?

– Non, mademoiselle, ils ne l'ont pas fait non plus et je vous avoue que cela nous inquiète.

– Qu'est-ce que la mort de Puck peut bien avoir à faire avec votre enquête ?

– Ne trouvez-vous pas que c'est un curieux hasard que sir Thomas et ce poney aient été tués la même nuit ? Puck a été égorgé. Pour quelle raison ?

– Il était si vieux. Il souffrait de rhumatismes.

– Lorsque l'on veut abréger les souffrances d'un animal aimé, on lui fait une piqûre, on ne l'égorge pas.

La majordome baissa les yeux, puis elle dit :

– Vous avez raison, ce n'est pas normal. Les

jumeaux adoraient cet animal. Je me demande s'ils ne le pleurent pas davantage que leur père...

– Tout de même ! s'insurgea le superintendant.

– C'était un cadeau de leur chère maman. Sa mort est, en quelque sorte, une seconde mort de Mme Mary.

– Je comprends très bien cela, fit sir Ivory, mais c'était une raison supplémentaire pour nous en parler.

– Ils sont très secrets, très pudiques, vous savez... Bien que sir Thomas ait tout fait pour les séparer, ils demeurent très complices. Enfants, ils s'étaient créé une sorte de langue qu'ils utilisaient pour que nous, les adultes, ne puissions les comprendre. Mme Mary les avait d'ailleurs poussés en ce sens. Elle aussi était une personne très sensible, et je dirai même trop sensible. Je n'ai jamais compris comment elle avait pu accepter de se marier avec sir Thomas. Ils étaient si différents l'un de l'autre...

– Mme Forbes, mon épouse, dit souvent que les extrêmes s'attirent.

Sir Malcolm reprit :

– Vous m'avez déjà dit que vous êtes au service de la famille Stuart depuis trente-sept ans, n'est-ce pas ?

Elle soupira :

– Trente-sept ans. Eh oui...

– Et depuis le début vous étiez attachée au manoir ou étiez-vous d'abord aux communs ?

– Je suis entrée ici à dix-huit ans comme femme de chambre. J'avais suivi des cours de couture à Macduff. Je passais toute la journée au manoir et la nuit dans une chambre des communs qui m'était réservée. Sir Thomas était déjà marié, je suppose... Depuis deux ans.

– Quel âge avait son épouse à cette époque-là ?

– Vingt-deux ou vingt-trois ans. Sir Thomas avait une dizaine d'années de plus qu'elle.

– Était-elle aussi belle que sur le tableau du premier étage ?

Elle sourit.

– Vous savez, on se voit toujours plus beau que l'on est. C'était une fille de grands bourgeois avec une éducation raffinée. Elle savait parler, peindre, jouer du piano mais elle était toujours comme absente, dans les nuages, vous voyez ce que je veux dire...

– Vous ne l'aimiez pas beaucoup..., suggéra Forbes.

– Oh si ! Elle était très bonne et n'oubliait

jamais de vous souhaiter votre fête, votre anniversaire. À l'époque, nous étions trois à son service. Nous ne la comprenions peut-être pas très bien mais elle était si gentille...

– Et comment élevait-elle ses jumeaux ? reprit sir Ivory.

– Une vraie mère poule ! Elle les adorait et les couvait un peu trop. Ils passaient des heures tous les trois dans l'appartement du deuxième étage. Elle leur lisait des contes de fées, leur chantait des chansons. Les deux garçons étaient en émerveillement devant elle.

– Et qu'en pensait sir Thomas ?

– Comme vous devez vous en douter... Il trouvait qu'elle les élevait mal. D'ailleurs après sa disparition, il a pris les choses en main mais il était trop tard. L'empreinte de Mme Mary était indélébile. Plus il voulait endurcir ses fils, plus ils se réfugiaient dans leur monde.

– Vous avez également participé à leur éducation...

– Pas vraiment. Mme Mary leur avait elle-même appris à lire, à compter. Lorsqu'ils entrèrent à l'école de Glen Deveron, il ne leur restait plus qu'à apprendre à écrire. En fait, ils se montrèrent tout de suite très bons élèves bien que trop renfermés en eux-mêmes. Moi, à la mort de Mme Mary, je ne me suis occupée que de les vêtir et de leur préparer leurs repas. C'est qu'il y avait Kath, vous comprenez...

– À la naissance de Kathleen, vous aviez vingt-six ans, si je compte bien ? dit le superintendant qui venait de faire tout un calcul dans son carnet à élastique.

– C'est exact. Les jumeaux venaient d'avoir huit ans.

– Et quelle fut la réaction de sir Thomas à cette mort ?

– Il avait toujours eu un caractère difficile, mais là il commença très vite à s'aigrir. Mme Mary était pour lui une sorte de caution. Lui qui était aristocrate n'en demeurait pas moins un homme de la terre. Elle lui apportait la possibilité d'entrer dans un monde qu'il connaissait mal et que foncièrement il n'aimait pas : cette bourgeoisie financière dont elle était issue.

– C'est sans doute ainsi qu'il entra en relation avec les Nelson..., suggéra Forbes.

– Mme Nelson et Mme Mary étaient amies de collège. Et puis M. Nelson, le banquier, s'intéressait aux traditions écossaises, ce qui réunit ensuite les deux hommes.

– À ce sujet, dit sir Ivory, savez-vous pourquoi sir Thomas avait besoin d'argent liquide ? George Nelson lui en a apporté hier de la part de son père.

– Je l'ignore. Vous savez, je n'ai jamais été dans les confidences de sir Thomas.

– Ne vous considérait-il que comme une gouvernante, après tout ce temps ?

– Oh ! je vois ce que vous voulez dire... Il y a eu beaucoup de rumeurs à ce sujet. Sir Thomas était veuf et sa réputation de fort gaillard n'est sûrement pas usurpée. Mais jamais il ne s'est rien passé entre nous.

– Pourtant vous étiez jeune..., hasarda Forbes.

Elle se dressa avec force.

– Je ne permettrai pas que l'on puisse mettre en doute ma moralité ! Oh ! il a essayé... C'est vrai. Sa nature était tournée vers ces choses-là. Eh bien, pas la mienne !

Ses yeux flambaient d'indignation. À ce moment elle incarnait la vieille fille fière de son innocence, ce qui fit sourire intérieurement sir Malcolm. Il remarqua :

– En fait, vous vous êtes dévouée pour sir Thomas et ses enfants. Si Mme Stuart avait vécu, vous vous seriez peut-être mariée...

Elle fit la moue et ne répondit pas. Sir Ivory poursuivit selon sa méthode en quinconce :

– Utilisez-vous des produits toxiques contre les rats ou les taupes ?

Elle fut désarçonnée par cette question inattendue.

– Des toxiques ? Peut-être Lennox s'en sert-il ? Je l'ignore.

– N'y aurait-il pas de souris ou de rats dans ce manoir ?

– Sir Thomas disposait des pièges. Mais pourquoi voulez-vous savoir ça ?

– Autre question, mademoiselle, reprit sir Malcolm. À votre avis, pourquoi les doigts de la main gauche de votre maître sont-ils maculés d'encre noire ?

– Ah ! vous avez remarqué... Il était gaucher, en effet, mais je ne sais pas. Peut-être en renversant l'encrier par mégarde...

– Vous aviez vu la tache d'encre sur le bureau ?

– Lorsque je vous ai accompagné. Pas avant.

– Où couchez-vous, mademoiselle ?

– J'ai une chambre au rez-de-chaussée, sous le bureau de l'appartement de sir Thomas.

– Avez-vous entendu le coup de feu ?

– J'ai été éveillée, sans doute par le coup de feu, mais je ne saurais le préciser. Et puis il y a eu les coups donnés dans la porte du bureau. J'ai compris qu'il se passait quelque chose d'anormal. J'ai endossé ma robe de chambre et je suis montée à l'étage.

– Êtes-vous entrée dans le bureau, à ce moment-là ?

– Non. M. Nelson avait pris les choses en main et m'interdit d'y pénétrer. Je redescendis afin de préparer du café mais j'étais bouleversée, j'agissais comme un automate.

– Ensuite le lieutenant MacGregor est arrivé...

– Et c'est alors que je suis entrée dans le bureau du premier étage.

– Essayez de vous souvenir précisément de ce que vous y avez vu.

– Des papiers sur le sol comme si quelqu'un avait fouillé les tiroirs.

– Et le corps de sir Thomas.

– Évidemment. Mais je ne suis pas restée longtemps. De le voir étendu...

– Pourtant, plus tard, vous êtes revenue avec le sergent Cooper et Kathleen pour porter le corps sur le lit de la chambre.

– En effet.

– Et durant toutes ces allées et venues vous n'aviez pas remarqué le petit coffre mural...

– Oh si, bien sûr ! Il était ouvert. C'est pourquoi j'ai pensé d'abord à un cambriolage qui avait mal tourné.

– Et maintenant quelle est votre opinion sur ce crime ?

Elle haussa les épaules.

– Je ne sais pas. Je ne comprends pas.

Sir Ivory insista :

– Vous n'avez pas le plus petit soupçon...

– Si j'en avais un, je me garderais bien de le dire.

– Naturellement. Vous savez, en effet, que le meurtrier est l'un de ceux qui étaient hier soir dans cette maison. Et donc soit l'un des deux jumeaux, soit Mlle Kathleen, ou l'un des deux Nelson. Soit vous-même, mademoiselle...

– Si c'était moi, je le saurais ! fit-elle d'un air pincé.

– Revenons-en donc à cette soirée d'hier, reprit sir Malcolm. Elle a commencé par un dîner durant lequel vous avez servi un *haggis*. Or, d'après M. George Nelson, il y eut une altercation entre sir Thomas et vous-même. Votre maître aurait lancé : « Craven, si vous continuez, je mettrai tout sur la table. » De quoi s'agissait-il ?

Elle parut stupéfaite, puis se reprenant :

– Si vous croyez tout ce que raconte ce Nelson ! Oui, sir Thomas m'a agressée je ne sais plus à quel propos, mais c'était si fréquent... Il ne respectait personne et surtout pas moi.

Sir Ivory insista :

– Qu'aurait-il bien pu mettre sur la table, mademoiselle ?

– Je ne sais pas. C'est sûrement une invention de M. Nelson. Ce jeune homme ne manque pas d'imagination, vous savez...

– Admettons. Et donc, après le dîner, sir Thomas et ses invités sont passés au salon. Ils ont pris le café, puis des liqueurs, du jus d'orange, du whisky. Est-ce vous qui les avez servi ?

– Non. C'est Peter qui a servi le café. Il est venu à la cuisine alors que je commençais à défaire la table et, comme j'étais occupée, c'est lui qui a fait le nécessaire. Quant au whisky et au jus d'orange, ce doit être Terry qui les a servis puisque les bouteilles sont toujours au salon dans un petit bar roulant.

– Très bien. Et après cela, qui est sorti du salon ?

– De la cuisine, je ne peux voir que ceux qui sortent du hall dans la cour. Voyez, par ces deux fenêtres, c'est tout à fait possible.

– Et ceux qui seraient montés au premier étage ?

– D'ici on ne peut pas les voir.

– Mais du salon on peut les voir...

– Oui, puisque l'ouverture de l'escalier se trouve à côté de la porte d'entrée du salon, à l'intérieur.

– Il n'y a pas d'autre accès aux étages ?

– Non.

– Et qui avez-vous vu se rendre dans la cour ?

– Avant de sortir, dès qu'il fait sombre, on allume la lumière extérieure. Je vous rappelle que non seulement il faisait déjà nuit, mais que l'orage était à son comble. J'ai donc vu à travers les fenêtres de la cuisine la cour s'éclairer, puis j'ai entendu le bruit de la porte d'entrée que l'on claque. C'était l'un des jumeaux. Il avait endossé une pèlerine et rabattu la capuche afin de se protéger de la pluie et du vent. J'ignore lequel c'était. Il s'est dirigé vers les écuries.

– Et ensuite ?

– Ensuite... Attendez que je me souvienne... Eh bien, il est revenu et a laissé la lumière extérieure allumée. J'allais me rendre dans le hall et l'éteindre lorsque la porte d'entrée a claqué une nouvelle fois. C'était l'autre jumeau qui, à son tour, s'est rendu en direction des écuries.

– Comment savez-vous que c'était l'autre ?

– Heu, c'est vrai. Il portait la même pèlerine et je ne pouvais voir qui il était. Mais j'ai pensé...

Sir Ivory se pencha sur la table et fixa Miss Craven dans les yeux, ce qui la fit reculer sur le dossier de sa chaise.

– Mademoiselle, ne croyez-vous pas que c'est à ce moment-là que les jumeaux ont découvert l'égorgement du poney ? Le premier, quel qu'il soit, était sorti pour se rendre compte de l'état du *yearling* qui s'était blessé aux flancs par peur de l'orage, puis il en a profité pour aller caresser son animal favori. C'est là qu'il a vu la terrible scène. Il est donc allé prévenir son frère qui, à son tour, est sorti pour constater le drame.

– Vous avez raison, sir. C'est sans doute à ce moment-là. Mais ils ne m'en ont parlé qu'après la découverte du corps de sir Thomas ; beaucoup plus tard, vers le matin.

Sir Ivory sortit l'inhalateur de chez Creed, en inspira une bouffée par chacune de ses narines, puis l'ayant rangé d'un petit coup sec du poignet dans la poche ventrale de son gilet, il demanda :

– Et si vous nous parliez à présent du petit message que vous aviez laissé sur le clavier du piano à l'intention de Mlle Stuart...

– Ah, vous savez cela aussi !

– C'est notre métier, fit remarquer le superintendant qui, fatigué par cette journée, avait le plus grand mal à garder les yeux ouverts.

– Sir Thomas avait beaucoup bu, plus qu'à son ordinaire. Je craignais qu'il ne passe sa colère sur Kath.

– Comment saviez-vous qu'il allait demander à sa fille de venir le rejoindre dans son appartement ?

– Je m'en doutais.

– Était-ce son habitude ?

– Non, pas vraiment.

– Alors ? Une intuition ? Je n'y crois guère, mademoiselle.

Miss Craven hésita, puis se décida.

– Je crois que c'est l'ambiance qui régnait hier soir. Cet orage comme je n'en avais jamais connu. L'humeur épouvantable de sir Thomas. J'avais peur.

– Et sans doute aussi le fait que sir Thomas

avait demandé à ses deux fils de rejoindre le manoir pour leur annoncer ce qu'il appelait une surprise...

– J'ignorais cette convocation. Vous venez de me l'apprendre.

Sir Ivory se leva, imité par Douglas Forbes.

– Eh bien, mademoiselle, nous allons nous quitter sur ce point. Nous avons retenu deux chambres à l'hôtel de Glen Deveron et allons nous y rendre. Je sens que le superintendant a besoin de repos.

– Pourrai-je au moins récupérer les clés de ma chambre que le sergent m'a priée de lui remettre ce matin ?

– Voyez avec lui, dit Douglas. C'est lui qui est chargé de la fouille.

– La fouille, s'écria Miss Craven en se levant d'un bond. Chez une femme ! Mais c'est une honte !

– Le sergent Cooper est un policier avisé, précis et qui ne déroge jamais au règlement, dit sir Ivory.

Puis il jeta un rapide coup d'œil sur le salon où les jeunes gens jouaient toujours aux cartes.

Chapitre 14

L'auberge à l'enseigne de « l'Amiral Benbow » se trouvait à trois cents mètres du manoir des Stuart. C'était un de ces anciens relais de poste qui avaient su garder leur caractère typiquement écossais, si bien qu'on l'aurait cru sorti tout droit d'un roman de Walter Scott. Ici le bois était le matériau principal.

Lorsque sir Ivory et le superintendant pénétrèrent dans la petite salle du pub, ils furent agréablement surpris par l'ambiance chaleureuse du lieu. Un feu brûlait allégrement dans l'âtre.

– Ah, voici ces messieurs du Yard ! s'écria un vieil homme barbu qui visiblement les attendait.

C'était le père Alan dont le sergent Cooper leur avait parlé. On sentait qu'il était très flatté d'accueillir « ces messieurs du Yard » et il tenait à ce que cela se sache.

– Bienvenue, gentlemen ! Je vous ai préparé les meilleures chambres de ma modeste demeure. Dans l'une Burns a jadis passé la nuit, notre grand Robert Burns, le barde le plus génial que cette malheureuse planète ait porté. Quant à l'autre chambre, elle accueillit Alfred Hitchcock lorsqu'il préparait son film... vous savez *Les 36 Marches*.

– Trente-neuf, rectifia sir Malcolm. Et ce devait être en 1935.

– Ah, vous avez meilleure mémoire que moi ! Mais asseyez-vous que je vous offre le verre traditionnel des Highlands.

– C'est-à-dire..., commença Forbes qui désirait aller dormir le plus vite possible.

Mais son compagnon l'interrompit par un « avec joie ! » qui amena le malheureux superintendant à s'asseoir contre son gré.

– Eh bien, messieurs, que diriez-vous d'un Glen Deveron de ma propre réserve ? Je suis un vieil ami de Sean Primrose, le directeur de la distillerie. Alors vous comprenez...

– Pas en dessous de douze ans d'âge, dit sir Ivory.

– Oh, sir, vous êtes un connaisseur ! Ici, tout passe par le tonneau de sherry. Quant à la tourbe, on la ramasse encore dans des chariots à cheval. De la pure tradition ! Du pur malt ! Pas de ces mélanges comme on ose en vendre aux touristes !

Et il alla chercher son trésor dans l'arrière-boutique.

– Voilà, messieurs ! C'est ma tournée. Qui prétend que les Écossais sont des radins ? Nous ne sommes pas comme ces Anglais de malheur ! Oh, pardon ! Tenez, goûtez-moi ça.

Il remplit les trois verres à pied, porta un toast à ses invités et d'un seul trait vida la moitié de son whisky avec un ahanement de satisfaction.

– Excellent, dit sir Ivory.

– Assez fort, ajouta Forbes entre deux quintes de toux.

– À la mémoire de sir Thomas ! reprit sir Malcolm en levant son verre.

– À sa mémoire ! reprit le père Alan.

Et il acheva l'autre moitié de son breuvage en jetant de nouveau la tête en arrière. Puis, s'essuyant les moustaches d'un revers de la main, il poursuivit :

– Un homme si puissant... Un vrai lanceur de troncs... Un champion ! Notre gloire ! Ah ! on est bien peu de chose... Je l'ai encore vu hier matin. Il venait acheter le journal local. Il m'a dit : « Alan, ça va péter, je te le dis ! » Il parlait de l'orage qui s'annonçait. Ah ! si simple avec ça, si direct. Il n'était pas de ceux qui ont des portes à l'arrière. Ce qu'il avait à dire, il le disait. Mais, en confidence, messieurs, qu'est-ce qui s'est passé exactement ?

– Pas de belles choses, monsieur Alan...

– Mais encore ? Tenez, je vous sers un autre verre.

– Non merci. Nous sommes tenus au secret professionnel. Mais vous, vous pouvez certainement nous éclairer.

– Pourquoi pas ?

– On dit que sir Thomas était porté sur les femmes. Est-ce exact ?

– Pardi que c'est exact ! Un vrai Écossais comme on n'en fait plus. Il venait souvent passer la nuit ici avec une fille. Je peux en parler car tous les gens d'ici étaient au courant. Il ne se cachait pas et ça lui était comme une gloire.

– Toujours la même fille ?

– Non. Jamais la même. Il lui fallait des petites jeunes, mais enfin il ne dédaignait pas les autres non plus.

– Et encore maintenant ?

– Ah, on peut dire qu'il ne ressentait pas l'âge !

– Et où trouvait-il toutes ces filles ?

– Oh ! c'étaient des putes qui venaient d'un peu partout, de Macduff, d'Aberdeen, d'Inverness. En fait, « l'Amiral Benbow » lui était bien pratique.

– Et il les payait bien ?

– Elles n'avaient pas l'air de se plaindre.

Sir Malcolm changea brusquement de sujet.

– Et Miss Craven ?

– La gouvernante ? Oh, rien à voir ! Un glaçon, cette femme-là. Elle ne me salue même pas dans la rue. Quant à entrer ici, jamais ! Alors qu'au départ elle n'était qu'une bonne à tout faire. Et puis elle s'est rendue indispensable. Sir Thomas avait fini par avoir besoin d'elle. Mais sûrement pas pour l'amour, je vous le garantis !

Il se prit à rire.

– Vous avez connu Mme Mary Stuart ?

– De loin. Ce n'était pas quelqu'un que l'on peut approcher comme ça. Toujours bien habillée. Une dame de la ville, quoi. Et puis vous savez ce qui est arrivé...

– Et ses enfants ?

– Les jumeaux allaient à l'école ici. Je les voyais passer avec leur cartable sur le dos. Après ils ont continué leurs études ailleurs. Ils reviennent au manoir de temps en temps. Mais ce n'est pas le genre à venir à l'auberge.

– Et la fille ?

– Mlle Kathleen ? Ah, celle-là...

– Oui ?

– Le caractère de son père tout craché ! Une fois elle est entrée. Il y a de ça un an. Elle s'est plantée devant moi et elle m'a jeté à la figure : « Je sais ce que mon père fait ici. Je vous demande de ne plus le recevoir ! » Je ne savais plus où me mettre. Je lui ai dit : « Mademoiselle, je ne peux pas empêcher mes clients de boire. C'est mon gagne-pain. » Et elle m'a retourné : « S'il ne faisait que boire... » Puis elle est partie. Elle n'est jamais revenue.

– Elle savait donc que son père avait des liaisons avec ces filles...

– C'est ce que j'en ai déduit. Naturellement, je me suis bien gardé d'en parler à sir Thomas. Ça aurait risqué de le gêner, cet homme...

– Et il venait déjà ici du temps de Mme Stuart ?

– Non, seulement après. Elle lui manquait, c'est sûr. Enfin, vous me comprenez, quand on a sa nature...

– Les gens devaient jaser...

– Oh ! je vais vous dire : les gens d'ici étaient fiers de sir Thomas. Ils trouvaient naturel qu'il agisse comme il le faisait. Vous, les Anglais, vous ne comprenez peut-être pas ça, mais un vrai jeteur de troncs est aussi quelqu'un qui doit manger ou boire trois fois plus que les autres, et pour l'amour c'est pareil. D'ailleurs vous allez voir les obsèques qu'on va lui faire ! Les *pipers* sont déjà en train de répéter. Une collecte a été organisée. J'ai donné vingt livres pour la couronne. Alors vous voyez !

– Et Lennox ?

– Le palefrenier ? Ce n'est pas un soleil mais il n'est pas non plus comme la lune. Il était encore là ce matin. C'est lui qui m'a appris ce qui s'est passé. Il en était tout retourné. Tenez, un dernier verre...

– C'est fort aimable mais nous devons aller nous reposer. Allez, Douglas, debout !

Le superintendant dormait. Il s'éveilla brusquement et suivit le père Alan jusqu'à sa chambre tel un somnambule.

Le lendemain, après une nuit paisible, Forbes et sir Ivory se retrouvèrent dans le pub pour le breakfast. Le lieutenant MacGregor les y attendait en buvant une chope de bitter. Il semblait s'être totalement remis de ses libations de la veille.

– J'ai les premiers résultats de l'autopsie et de la balistique. Premièrement, aucune substance toxique dans le corps. Il n'a donc pas été empoisonné. Deuxièmement, la première balle a été tirée quasi à bout portant et par un droitier, sir Thomas se tenant debout. Quant à la seconde, elle a été tirée alors que le cadavre était couché et par un gaucher.

– Comment l'expert a-t-il déterminé ce détail ?

– L'angle de tir, je suppose... Vous lirez ça là-dessus.

Il tendit un petit dossier à Douglas Forbes.

– Les heures ont-elles été précisées ?

– La première balle a dû être tirée vers 9 ou 10 heures du soir. La seconde vers 1 heure du matin, la rigidité cadavérique étant totale. Vous savez qu'ensuite le corps se détend.

– Ces heures coïncident avec ce que nous savions déjà, remarqua le superintendant. Mais ces deux balles, l'une tirée par un droitier, l'autre par un gaucher, nous éclairent singulièrement, n'est-ce pas, sir Malcolm ?

MacGregor reprit :

– J'y ai pensé tout de suite. Sans doute les jumeaux en avaient-ils assez de la brutale intransigeance de leur père.

– Et puis, lieutenant, il y a un fait que nous avons découvert entre-temps, poursuivit le superintendant. L'animal favori des jumeaux, un poney du Shetland, a été égorgé la nuit même du meurtre de sir Thomas.

– Et alors ? demanda le lieutenant.

– Eh bien, s'énerva Forbes, tout se tient !

– Pardonnez-moi, mais je ne comprends pas, avoua MacGregor.

– Cela ne fait rien, dit sir Ivory. Dès que nous aurons achevé ce porridge et ces tranches de bacon d'Ayrshire, nous nous rendrons au cimetière afin de rendre hommage à Mme Stuart. Elle le mérite bien, ne trouvez-vous pas ?

Il héla le père Alan qui, sortant de sa cuisine, les rejoignit. Il lui demanda où se trouvait le cimetière de Glen Deveron.

– Oh ! juste derrière la distillerie. Même qu'on raconte ici que les défunts viennent picoler durant la nuit. Juste revanche car beaucoup se sont, paraît-il, creusé la tombe à coups de bitter et de whisky. Mais ce sont des racontars, vous pensez bien. Jamais le malt n'a tué personne. Tous les médecins vous le confirmeront. Rien n'est meilleur pour les artères !

– Cher monsieur Alan, pouvez-vous nous garder les chambres pour la nuit prochaine ? demanda sir Malcolm.

– Plutôt deux fois qu'une, sir ! C'est un rare honneur...

Les trois enquêteurs se dirigèrent vers la distillerie dont on voyait la cheminée ornée d'un léger panache de fumée. De petites maisons basses datant de deux ou trois siècles et se ressemblant toutes formaient une rue qui les mena jusqu'à la place où s'élevaient l'école et un bâtiment plus solennel, l'hôtel de ville appelé ici le *tollbooth*. Derrière les rideaux, sir Ivory aurait juré que toute la population les épiait.

Lorsqu'ils arrivèrent devant la distillerie, ils s'arrêtèrent. Sir Malcolm avait jadis visité ce type d'établissement le long de la rivière Spey, et admiré les méthodes quasi alchimiques qui permettent de transformer les grains d'orge en *wash* puis en whisky. Aujourd'hui, et depuis 1979, date de la récession, le processus complet de fabrication n'existait plus que dans une trentaine de distilleries réparties dans les Highlands, les Lowlands et l'île d'Islay. À Glen Deveron on s'occupait du séchage des grains sur feu de tourbe et du brassage, après quoi le *wash* était acheminé à Macduff pour la distillation proprement dite.

– Eh oui, soupira le lieutenant MacGregor, de distillerie elle n'a plus que le nom. Il y a quelques années on pouvait encore entrer et se faire servir un « Glen » de deux ans, juste à la sortie du tonneau. C'est fini.

– Ce ne devait pas être excellent, fit remarquer sir Malcolm.

– Ah, j'aimais bien... De l'alcool est toujours de l'alcool, non ?

Le cimetière se trouvait, en effet, derrière les bâtiments de la brasserie. Un muret l'entourait. Forbes poussa la petite grille de fer forgé. Ils entrèrent. Les tombes en granit rongé par la mousse étaient surmontées de la croix celtique. Au centre s'élevait un tombeau en forme de maisonnette. C'était la dernière demeure de la branche des Stuart appartenant aux Highlands, branche paysanne depuis le XVIIIe siècle. Ayant soutenu les partisans de Jacques II, ils avaient préféré revenir sur leurs terres plutôt que de s'exiler en France comme de nombreux autres jacobites l'avaient fait.

Le vieux nom clanique « Stewart » était sculpté sur le fronton de la bâtisse, au-dessous du blason à la croix de Saint-André et à la licorne passant. Sur l'un des murs avaient été gravés le nom des défunts et leurs dates. Le plus ancien était celui d'un certain William Stuart (1615-1690) qui semblait être le fondateur de cette branche. Le plus récent était celui de Mary Stuart-Montrose, l'épouse de sir Thomas. Un petit bouquet de fleurs champêtres avait été posé au bas du mur en dessous de cette inscription. Il ne devait être là que depuis le matin même à en juger par sa fraîcheur.

– Que pensiez-vous trouver là ? demanda Forbes.

– Une ambiance, peut-être... répondit sir Ivory. Les lieux ont beaucoup à nous apprendre, vous savez...

Puis il s'éloigna, s'arrêta devant plusieurs tombes, suivi par les deux autres qui se demandaient pourquoi il perdait ainsi un temps précieux.

De retour au manoir, ils se rendirent dans le bureau du rez-de-chaussée où ils furent accueillis par le sergent Cooper. Il leur annonça que, la veille au soir, le vétérinaire était arrivé peu de temps après leur départ. Il avait déterminé l'heure de la mort du poney : entre six et sept heures. L'animal avait été préalablement assommé.

– Excellent, fit sir Ivory. C'est bien ce que je pensais. Mais qu'avez-vous trouvé dans les chambres ?

– Quelques éléments intéressants, sir. Et d'abord chez M. George Nelson, dans un portefeuille qui se trouvait dans le tiroir de sa table de nuit, une lettre tapée à la machine que voici. Elle est sans en-tête ni signature.

– Une lettre anonyme, crut bon de préciser MacGregor.

Le sergent tendit la feuille de papier pliée en quatre au superintendant qui la déplia et la lut à haute voix.

« Monsieur, j'ai surpris votre manège. Si vous ne rendez pas sous huit jours les sommes que vous avez honteusement volées à la comptabilité de la banque, je me verrai dans l'obligation de prévenir monsieur votre père. Je suis un membre dévoué de son personnel et ne tiens pas à être complice de vos malversations. À bon entendeur salut ! »

– Eh bien, s'écria MacGregor, en voilà une affaire !

Le superintendant se gratta la tête et, d'un air songeur, demanda :

– Serait-ce George Nelson qui aurait volé la liasse dans le coffre mural, cette liasse qu'il avait lui-même remise à sir Thomas quelques heures auparavant ? Et cela pour rembourser la banque de son propre père ? Mais dans ce cas, ne serait-ce pas lui l'assassin ? Sir Thomas le surprend à fouiller dans son coffre... Une bagarre s'ensuit...

– Oubliez-vous, cher Douglas, que tout à l'heure vous pensiez que les jumeaux avaient assassiné leur père pour venger la mort de leur poney ?

– Ah, je n'y comprends plus rien ! Cette affaire est ahurissante..., gémit le superintendant.

– Autre découverte dans les chambres ? demanda sir Malcolm.

– Un carnet intime dans la chambre de Mlle Johanna Nelson. Je l'ai lu entièrement car il s'agit plutôt de notes rapides d'ailleurs non datées. La plus intéressante est ici, sur cette page. Voyez...

Forbes prit le carnet et lut à haute voix :

« J'ai compris le but des manigances de ce vieux singe. Rien n'est plus infect que cette sénilité vicieuse. Je ne mettrai plus les pieds à Glen Deveron. S'il recommençait, je le tuerais. »

– Eh bien, fit sir Ivory en souriant, voilà un suspect de plus, mon cher Douglas... Cette matinée est décidément chargée en rebondissements de toute nature. Mais, je vous le dis, messieurs, comme disait Shelley, « tout cela n'est que brises légères au-dessus des eaux ».

Chapitre 15

Le lieutenant MacGregor avait quitté le manoir, non sans avoir bu deux bitters à la cuisine. Il devait, prétendait-il, mener une enquête sur un vol important dans un supermarché de Macduff, mais personne n'en crut un mot, et surtout pas le sergent Cooper. Ce dernier commença à rechercher dans tout le domaine les chaussures qui s'y pouvaient trouver afin de les comparer aux empreintes maculées du sang du malheureux poney. Deux autres agents passaient le manoir, les communs et les écuries au peigne fin afin de tenter de retrouver l'arme du crime.

Aussi, sir Ivory et le superintendant se retrouvèrent-ils seuls tous les deux afin de faire le point sur les éléments recueillis. Ce type de brainstorming plaisait à Forbes. Il aimait la confrontation de ses méthodes et de celles de son grand ami, bien qu'il sût pertinemment qu'il n'y faisait jamais bonne figure. Pour lui, l'observation, la rigueur de l'analyse des protagonistes et des faits ainsi que la plus stricte logique devaient permettre de résoudre les problèmes les plus ardus. C'était d'ailleurs l'opinion du superintendant en retraite Jack Philip Cruesgrave, l'immortel auteur du *Manuel de l'enquête policière en 33 leçons*, livre de chevet de Forbes et de l'ensemble des agents de Scotland Yard.

Sir Ivory, lui, était un esthète et ne s'en cachait pas. Il humait les suspects et savourait les circonstances. Il ne semblait pas trier les hypothèses mais les malaxer entre elles jusqu'au moment où il en sortait une solution comme un lapin d'un chapeau. Ce don de prestidigitateur agaçait bien un peu le superintendant mais que faire ? C'était toujours sir Malcolm qui avait raison contre toutes les raisons du monde.

– Mon cher Douglas, vous semblez avoir votre idée sur notre affaire. Pouvez-vous vous en ouvrir à moi ?

Le superintendant fut flatté.

– Sir, pour moi, l'affaire commence à s'éclairer. Je crois que les jumeaux sont coupables.

– J'avais cru le comprendre. Expliquez-moi pourquoi, je vous prie.

– Eh bien, voilà. Nous savons à présent par l'expert en balistique que le premier coup de feu fut donné par un droitier, sir Thomas étant debout, c'est-à-dire encore vivant. L'autre fut tiré par un gaucher lorsque le corps sans vie gisait sur le sol.

– C'est exact.

– Or, nous savons d'autre part, grâce au témoignage de George Nelson, confirmé par Miss Craven, que l'un des deux frères sortit du salon lors de la fameuse soirée. Il voulait s'assurer de l'état du *yearling*. Il endosse une pèlerine, va aux écuries, puis désireux de caresser son animal favori se rend dans le box du poney. Horreur ! Il le trouve égorgé. Aussitôt, il revient au salon et en avertit son frère qui, à son tour, va se rendre compte sur place. Là, il comprend que seul son père a pu commettre un pareil méfait. Sir Thomas avait bu énormément, il avait été vexé de ne pouvoir exhiber son *yearling* devant les Nelson. De plus, Johanna et

Peter lui avaient affirmé sans ambages qu'il n'était pas question pour eux d'envisager un mariage dans le futur proche. De rage, ne s'appartenant plus, il tue le poney, véritable symbole à ses yeux de ce qu'il croit être la médiocrité de ses fils. C'est une vengeance et une punition.

– Je vous suis. Continuez.

– Pour ce jumeau, le spectacle est trop atroce. Puck était un cadeau de feu Mme Stuart. Il monte au premier étage, pénètre dans le bureau de sir Thomas et lui crie sa douleur. Ce sont vraisemblablement des injures. Il n'en peut plus, ce garçon, et il le fait savoir. Et l'on peut se douter de la riposte de son père. Il multiplie les invectives injustes. Les deux hommes en viennent aux mains. Puis le jeune homme se saisit du revolver qui doit se trouver sur le bureau et tire. Personne n'entendra le coup de feu à cause de l'orage. Il redescend au salon, feignant de revenir de l'extérieur.

– La première balle ayant été tirée par un droitier, vous en déduisez donc que c'est Peter qui l'a tirée, et qu'il est, de ce fait, le meurtrier. Or, George Nelson nous a dit que Peter était sorti le premier, suivi près d'un quart d'heure plus tard par Terry. Or, ce dernier est gaucher !

– Attendez, dit Forbes en sortant son carnet et en le compulsant avec empressement. Oui, effectivement, vous avez raison. Nelson a prétendu que c'était Terry qui était sorti en second lieu. Mais j'ai noté qu'il avait hésité, et puis est-il si fiable ?

– De toute façon, selon vous, c'est l'un des deux frères qui a tiré la première balle. Mais l'autre ?

– Eh bien, je vois la chose comme cela. Peter, en redescendant au salon, avoue à son frère ce qu'il vient de faire. Sur le moment, les deux se disputent. Les autres croient qu'ils se querellent pour une histoire de bottes. En fait, c'est pour une raison beaucoup plus grave. Mais bientôt Terry reconnaît que Peter a eu raison d'en finir avec l'autorité égoïste de sir Thomas. Lorsque tout le monde est couché, il se rend à son tour dans le bureau et tire sur le corps étendu. Ainsi, comme toujours, il aura fait comme son jumeau. Il sera coresponsable du meurtre. Il ne peut imaginer d'en être dispensé. Psychologiquement, cela se tient, non ?

– Et comment s'y prend-il pour que, le coup de feu ayant réveillé tout le monde, il réussisse à sortir de l'appartement sans que personne ne le voie ?

Le superintendant prit un air entendu.

– Oh, j'y ai bien réfléchi ! Terry sort de sa chambre avec le revolver qui a déjà servi à son frère…

– Celui dont nous a parlé Miss Craven, je suppose, avec une crosse en nacre ou en ivoire ? Cette arme a d'ailleurs disparu et je gage que Cooper doit s'évertuer à la faire rechercher… Mais poursuivez, je vous prie.

– Il entre dans le bureau et referme à clé la porte derrière lui. Puis il va s'assurer que la porte de la chambre qui donne sur le couloir est également fermée à clé, la clé étant sur la serrure. Ensuite, il tire sur le cadavre et aussitôt éteint la lumière, renverse un vase en gagnant la porte qui sépare le bureau et la chambre. Les autres trouvent les deux portes fermées. Toutefois le bruit du vase cassé les attire vers la porte du bureau sur laquelle ils tambourinent et qu'ils finissent par enfoncer. Lorsqu'ils sont dans la place et découvrent le corps, Terry ouvre la porte de la chambre qui donne sur le couloir, sort, referme à clé derrière lui et empoche cette clé, après quoi il regagne sa chambre et feint de dormir. N'oublions pas, en effet, qu'il est le seul à ne pas s'être manifesté à l'issue du coup de feu et des coups de poing contre la porte. Ce sera Peter qui le « réveillera » un peu plus tard. Qu'en pensez-vous ?

– Hé ! s'écria sir Ivory. Je crois, en effet, que vous avez bien démonté le petit secret de cette chambre close. En revanche, je voudrais attirer votre attention sur un point essentiel. N'avez-vous jamais pensé qu'un droitier pouvait fort bien se servir d'un revolver de la main gauche ?

Forbes demeura stupéfait par cette évidence. Sir Malcolm poursuivit :

– Que dans un moment de précipitation, de lutte ou de défense, un droitier comme un gaucher se serve de sa main habituelle repose sur le fait que l'instinct est le plus fort. C'est un réflexe. Et donc la première balle a été effectivement tirée par un droitier comme l'expert nous l'a confirmé. Selon votre théorie il s'agirait donc non pas de Terry mais de Peter.

– Quelle complication… gémit Forbes.

– Mais pour la deuxième balle, tirée en toute tranquillité sur un corps inerte, n'importe quel droitier a pu utiliser sa main gauche. Il n'avait même pas à viser. Qu'importait l'endroit où la balle irait se ficher puisque sir Thomas était déjà mort ! Et donc, selon ce raisonnement, n'importe qui a pu tuer sir Thomas.

– Vous voulez dire que ce peut être une machination pour accuser les jumeaux ? Mais pourquoi n'avoir pas tiré les deux balles dans le même temps, l'une de la main droite et l'autre de la main gauche ?

– Sans doute parce qu'entre les deux balles le meurtrier a réfléchi. Il tue et se sauve. Puis il se dit que ce serait utile de faire accuser les jumeaux. Il remonte sur place et tire la deuxième balle.

– N'était-ce pas risqué, l'orage ayant cessé ?

– Le meurtrier est quelqu'un qui accepte le risque, en effet, ou quelqu'un qui ne pouvait plus agir autrement. Imaginons qu'après le meurtre, il s'aperçoive que quelque chose peut le faire accuser… Ne va-t-il pas remonter pour effacer des traces ou procéder à des aménagements destinés à égarer les recherches ?

À ce moment on frappa à la porte du bureau. C'était le sergent Cooper, l'air très satisfait. Il tenait un sac réglementaire rebondi entre les mains.

– Sirs, pardonnez-moi de vous déranger mais je souhaiterais vous faire mon rapport concernant la flaque de sang, les empreintes qui furent laissées sur les dalles de l'écurie et les chaussures que j'ai pu trouver s'y rapportant.

– Allez-y, fit le superintendant d'un ton rogue.

– À vos ordres, sir. Et donc voilà les photographies d'ensemble et de détail ainsi que les chaussures afférentes.

Il posa les clichés sur le bureau et sortit deux paires de souliers d'homme ainsi qu'une botte.

– Comme vous pouvez le constater, les semelles des souliers d'homme sont maculées de sang et les empreintes relevées leur correspondent. Il en va de même pour cette botte. Les souliers sont aux jumeaux.

– Où les avez-vous trouvés ? demanda Forbes.

– À la cuisine du manoir où ils avaient été déposés afin que Miss Craven puisse les nettoyer.

– Ils n'étaient donc pas cachés, souligna sir Ivory.

– Pas du tout. À croire que ces messieurs ne s'étaient pas aperçus que les semelles de leurs chaussures étaient souillées par du sang.

– Miss Craven vous en a-t-elle parlé ?

– Non, sir. Je pense qu'elle ne les avait pas encore remarqués.

– Et la botte ?

– Elle était dans l'écurie, non loin de l'endroit où se trouvait le poney. J'ai eu beau chercher ; il n'y en avait qu'une. Mais voyez ; sa semelle est également souillée par le sang de cette pauvre bête.

Sir Ivory consulta les photographies, compara les empreintes et le dessin des semelles, puis il dit :

– Avez-vous remarqué que les traces de souliers recouvrent en partie celles des bottes ?

– Oui, sir.

– Ce qui signifie que les empreintes des bottes sont antérieures à celles des souliers.

– C'est exact, sir.

– Or, regardez bien : c'est la même botte gauche, c'est-à-dire celle-ci, qui a servi pour imprimer les traces de la pseudo-botte droite. Cela signifie qu'à moins que celui qui a laissé les traces de la botte soit unijambiste et ait sautillé pour approcher du poney et s'en aller, son forfait accompli, nous nous trouvons ici devant une mise en scène.

– Effectivement, approuva Forbes.

– Voyez sur la photo d'ensemble combien les traces des souliers qui partent de la flaque de sang et s'éloignent vers la porte de l'écurie deviennent de plus en plus ténues, ce qui est normal, alors que les traces de la botte sont toujours aussi appuyées sur tout le parcours… Le mystificateur, après l'avoir souillée, la tenait en faisant bien attention de ne pas laisser ses propres traces de pas sur le sol.

– Mais pourquoi n'utiliser qu'une botte ? demanda Cooper. Cela n'a pas de sens…

– Parce que la personne qui a voulu nous abuser n'avait à sa disposition qu'une seule botte, tout simplement.

– D'où la dispute des deux frères… hasarda le superintendant.

Sir Ivory réfléchit un instant, puis il reprit :

– Cette botte appartient à Peter, qui l'a reçue en cadeau de Johanna Nelson. Dans l'esprit du mystificateur, il s'agit d'une sorte de signature. Il tue le poney puis a l'idée de faire accuser Peter en laissant volontairement ces traces sur le sol. Malheureusement pour lui, son espacement est artificiel et il est visible que les pas ont été faits avec la même botte.

– Mais pourquoi cette personne voulait-elle accuser Peter d'avoir tué le poney ?

– Vous ne comprenez pas, Douglas. Le but

du mystificateur est de montrer que Peter a bien vu le poney mort. Car si Peter ne l'avait pas vu, il est évident que ni lui ni son frère ne serait monté dans le bureau de sir Thomas afin de lui crier sa révolte.

– Mais à quoi bon, puisque les deux frères se sont justement rendus auprès du poney comme les souliers en sont la preuve, ce qui recoupe d'ailleurs le témoignage de Miss Craven ?

Sir Malcolm ne put s'empêcher de sourire.

– Décidément, Douglas, vous ne raisonnez toujours que de façon horizontale. Tel événement est advenu parce que tel autre est arrivé. Vous ne croyez qu'à l'évidence des enchaînements. Mais réfléchissez. Si celui que nous avons appelé le mystificateur a agi de la sorte, c'est qu'il ignorait que les deux frères allaient se rendre sur les lieux. Il pensait qu'avec un tel orage ils ne se risqueraient pas dehors. Il n'imaginait pas qu'ils auraient l'idée de prendre des nouvelles du *yearling*. Il savait pertinemment que les chevaux ne les intéressaient pas du tout. Il oubliait que ce sont des garçons sensibles et que, comme nous l'a dit Terry, ils s'étaient plus ou moins inconsciemment comparés à ce cheval blessé dans son box.

– Sapristi ! fit le superintendant. Quel écheveau embrouillé ! Plus j'avance, plus l'obscurité s'épaissit.

– Et moi, laissa tomber sir Malcolm, comme je vous l'ai déjà précisé, plus j'avance plus les faits me donnent raison. Je connais l'assassin, mais ce qui est terrible c'est que je n'ai aucune idée de la raison pour laquelle il s'est livré à toute cette fantasmagorie.

Chapitre 16

*W*en Chang pénétra dans le bureau et salua à la manière asiatique, en s'inclinant et en joignant les mains comme pour prier.

– Wen Chang a trouvé revolver disparu.

Cette assertion fit aussitôt sensation.

– Et où donc ? demanda le sergent Cooper.

– Endroit intéressant. Wen Chang a laissé revolver dans endroit intéressant.

– Allons sur place, décida le superintendant.

Ils suivirent le Chinois qui les mena au fond du salon, face à la grande cheminée. L'âtre avait été nettoyé. Wen Chang pénétra à l'intérieur et leva les yeux vers le conduit.

– Là, tôle pour modifier tirage.

Sir Malcolm et les policiers l'imitèrent et aperçurent la tôle qui effectivement pouvait être tirée ou poussée afin de régler l'évacuation des fumées et l'appel d'air. Elle était aux trois quarts fermée.

Wen Chang passa la main dans l'ouverture ainsi laissée entre la tôle et le conduit. Et, à la surprise de tous, il en sortit d'abord une chaîne munie à son extrémité d'un crochet et, fixée à ce crochet, une botte. Évidemment l'autre botte, la botte droite qui manquait ! De plus, une cordelette de chanvre avait été attachée à l'autre extrémité de la chaîne.

– Excellent ! s'écria sir Ivory. Mon cher Douglas, vous avez ici le complément nécessaire à la petite énigme du second étage. J'aurais souhaité ne dévoiler cette supercherie qu'au moment de la récapitulation des faits, mais puisque Wen Chang m'a devancé, je veux bien vous éclairer là-dessus dès à présent.

– Je vous en prie…, fit le superintendant en sortant son carnet à élastique.

Sir Ivory reprit :

– Un plaisantin voulant se moquer de la croyance en un fantôme au manoir décida de donner corps à cette superstition. Il installa donc à côté de l'âtre du second étage un dispositif ingénieux. Une cordelette lestée par la chaîne et la botte qui pendaient dans le conduit de cheminée serait brûlée par la flamme d'une chandelle disposée tout exprès afin de retarder le moment où chaîne et botte seraient précipitées dans le vide. En tombant sur la tôle, l'ensemble devait provoquer un bruit assez terrifiant, en tout cas inattendu, destiné à abuser ceux qui l'entendraient.

– Astucieux, dit Cooper.

Une voix les fit tous se retourner.

– Je vous remercie, messieurs, de votre appréciation.

George Nelson, souriant, les mains dans les poches, semblait ravi du beau tour qu'il avait exécuté.

– C'était donc bien vous le farceur ! s'exclama sir Malcolm.

– J'en avais tellement assez de leurs histoires stupides ! Comme si les morts revenaient ! Vous auriez vu leur tête lorsque le mécanisme s'est déclenché et que chaîne et botte sont venues frapper contre la tôle. C'est juste tombé entre deux coups de tonnerre… Les jumeaux étaient livides.

– Ce n'est guère charitable…, fit remarquer Forbes. Et à quel moment avez-vous organisé cette farce ridicule ?

Le jeune homme avança vers le cercle des policiers, assez satisfait de se trouver le point de mire de toutes ces autorités.

– Oh, j'avais préparé mon coup de longue date et, très exactement, depuis mon séjour précédent au manoir ! Il y a toujours une chandelle dans chaque chambre en cas de panne d'électricité. J'avais apporté la cordelette de chanvre et la chaîne dans mon bagage. Quant à la botte, ce fut fortuit. Je savais que Peter y tenait beaucoup parce que c'était un cadeau de ma sœur. J'ai eu brusquement l'idée de l'ajouter au crochet de la chaîne, sans doute à cause de la boucle de cuir qui sert à l'enfiler.

– Mais à quel moment de la soirée avez-vous fait cela ? demanda sir Malcolm.

– Juste avant le dîner. Nous nous étions rendus dans nos chambres respectives, Johanna et moi, afin de défaire notre bagage et de nous préparer. Je connais parfaitement les lieux pour y être venu depuis mon enfance. Je suis donc monté au deuxième étage et j'ai préparé mon dispositif comme vous l'avez décrit. Puis je suis redescendu sans allumer la chandelle, me réservant de le faire ensuite.

– Où aviez-vous trouvé la paire de bottes ? s'enquit Forbes.

– Dans le hall d'entrée, à côté des parapluies et du portemanteau.

– Quelle heure était-il ?

– Nous avons dîné vers 6 heures. Ce devait être un quart d'heure avant.

– Et vous n'avez pris qu'une seule botte ?

– Qu'aurais-je fait de la deuxième ?

Sir Ivory demanda :

– À quelle heure avez-vous allumé la chandelle ?

– Lorsque je suis monté me reposer un peu, en cours de soirée. Comme je vous l'ai déjà dit, j'avais un peu trop bu. Je me suis rafraîchi le visage et puis je me suis rappelé mon projet. Je suis donc remonté au deuxième et j'ai allumé la chandelle. Ensuite je suis redescendu au salon et j'ai attendu que, la chandelle se consumant, la flamme sectionne la cordelette comme prévu.

– Donc ce n'était qu'une farce, conclut Forbes. Mais étant donné les circonstances…

George Nelson s'insurgea :

– Pouvais-je deviner que l'on allait assassiner sir Thomas ? Au contraire, cela ne devrait-il pas me disculper ?

À ce moment, Wen Chang s'agita :

– Monsieur pas trop parler. Wen Chang trouvé revolver.

– Ah ! c'est vrai, s'écria le superintendant. Nous étions venus pour ça. Eh bien ?

Le Chinois retourna la botte au-dessus de la table du salon, la secoua. Un revolver à poignée de nacre s'échappa de la chaussure et tomba en rebondissant.

– Par exemple ! s'écria Cooper.

– Inouï ! s'exclama le superintendant.

Sir Ivory se retourna vers George Nelson. Le sang s'était soudain retiré de son visage. Il balbutia :

– Mais qu'est-ce que c'est ?

Forbes s'approcha vivement du jeune homme :

– Monsieur Nelson, ne voyez-vous pas que c'est une arme et que c'est vraisemblablement cette arme qui a tué sir Thomas ?

– Je ne comprends pas… Quand j'ai pris cette botte dans le hall, ce revolver n'était pas dedans, je le jure !

– Allons, dit sir Ivory, comment pouvez-vous en être si certain ? Aviez-vous vérifié qu'il n'y avait rien dans cette botte ?

– Non, bien sûr. Pourquoi l'aurais-je fait ?

– Effectivement. Expliquez-nous donc le mieux possible comment vous avez pris cette botte dans le hall.

– Comme on prend une botte, sapristi ! Par le haut. Et puis, comme je ne voulais pas que l'on me voie, je l'ai vite montée au premier étage et ensuite au second.

– Toujours en la tenant par le haut ?

– Je ne sais plus. Sans doute… Mais pourquoi toutes ces questions au sujet de cette botte ?

– Voyez-vous, monsieur Nelson, dit Forbes avec gravité, il s'agit de savoir si c'est vous ou quelqu'un d'autre qui a caché ce revolver dans la botte.

Le jeune homme s'insurgea :

– Vous pensez que j'ai tué sir Thomas avec ça et que je l'ai ensuite caché là-dedans ? Mais ça n'a pas de sens ! Je vous répète que c'était une plaisanterie !

– Oh, c'était une excellente cachette ! Sans Wen Chang nous ne l'aurions pas découverte avant longtemps, affirma le superintendant.

– Faux, le reprit sir Malcolm. En faisant la démonstration du crime, j'aurais nécessairement fait ouvrir ce volet de cheminée puisque je connaissais le stratagème que George Nelson appelle une farce. Et ainsi aurions-nous découvert le revolver. Mais c'eût été un hasard car j'avoue que j'ignorais totalement que la botte et ce revolver s'y trouvaient.

Cooper prit son stylo, voulut l'enfoncer dans le canon de l'arme mais il était trop gros pour l'orifice. Aussi Forbes se résolut-il à prêter le crayon avec lequel il prenait ses notes. Puis le sergent fit délicatement tourner le barillet. Il était vide.

– Monsieur Nelson, dit le superintendant, vous êtes dans une position délicate. Il se peut que je sois obligé de vous arrêter pour le meurtre de sir Thomas Stuart.

À présent, le farceur ne riait plus. Il était pétrifié par la peur. Il articula :

– Mais je n'ai rien fait de mal… Une plaisanterie, seulement…

– Et ça, monsieur Nelson ?

Forbes sortit de son portefeuille la lettre anonyme que le sergent Cooper avait découverte dans la chambre du jeune homme. Ce dernier la reconnut aussitôt. Il détourna la tête et se tut.

– Alors, monsieur Nelson ? insista le superintendant. On ne fait plus le mariole, à présent !

Faut-il vous préciser que nous avons retrouvé dans la lingerie la liasse de billets de banque que vous aviez remise à sir Thomas de la part de votre père ? Soyez-en certain, elle aurait été beaucoup plus à sa place dans le coffre mural du bureau de celui que vous avez assassiné pour le voler !

George Nelson se retourna vivement :

– Qu'est-ce que vous dites ?

– Je dis, reprit lentement le superintendant, que vous avez tué sir Thomas Stuart afin de vous emparer de cet argent. Vous en aviez besoin pour rembourser les sommes que vous avez subtilisées à la banque.

– Ce n'est pas vrai ! D'ailleurs cette banque nous appartient... Et puis cette lettre n'est que l'expression d'un chantage abject. Vous n'allez tout de même pas croire ce qui est raconté là-dedans !

Sir Ivory prit la parole :

– Monsieur, je vous demande de bien réfléchir avant de me répondre. Lorsque vous avez quitté le salon ce soir-là afin de vous rafraîchir le visage, vous êtes-vous rendu, oui ou non, dans le bureau de sir Thomas ?

George Nelson s'affala sur une chaise et prit

sa tête dans ses mains, montrant les signes les plus évidents de l'accablement.

– Alors, monsieur Nelson ? répéta Forbes d'une voix menaçante.

Le jeune homme leva la tête. Son visage était couvert de sueur.

– Messieurs, je vous jure que j'ignore comment ce revolver s'est trouvé dans cette botte !

– Là, je veux bien vous croire, fit sir Ivory. Mais avouez que vous vous êtes rendu dans le bureau de sir Thomas afin de reprendre la fameuse liasse de billets. Ne mentez pas ! C'est inutile.

– Vous allez m'accuser du meurtre de sir Thomas ! Mais je n'ai rien fait de tel, je le jure !

– Alors je vais vous aider, dit sir Malcolm. Écoutez-moi bien et arrêtez-moi si je me trompe… Lorsque, ce fameux soir, vous avez quitté le salon sous le prétexte de vous rafraîchir le visage, vous deviez vous rendre auprès de sir Thomas. J'ignore pourquoi vous vouliez le rencontrer, mais sûrement pas pour lui voler la liasse que vous veniez de lui apporter ! Si jamais vous aviez eu cette intention, vous l'auriez réalisée tout simplement en ne lui remettant pas le paquet.

– Peut-être n'a-t-il appris que le paquet contenait de l'argent que lorsqu'il l'eut remis à sir Thomas ? proposa Forbes.

– Certainement pas. Son père lui a forcément indiqué ce qu'il contenait en lui recommandant la plus grande attention. N'est-ce pas, George ?

– Je savais que c'était de l'argent, en effet.

– Bien. Donc, vous frappez à la porte du bureau. Personne ne répond. Pourtant il y a de la lumière sous la porte. Vous pensez que sir Thomas ne vous a pas entendu à cause de l'orage. Vous ouvrez la porte. Notez qu'à ce moment-là elle n'est pas fermée à clé. Et que voyez-vous ? Là, devant la cheminée, étendu sur le sol, sir Thomas. Il est mort. Du sang a coulé de sa blessure. À l'instant vous comprenez qu'il y a eu meurtre. Il vous faut repartir au plus vite. Mais votre regard tombe sur le coffre mural ouvert. Car il est ouvert. Et vous voyez dedans le paquet qui contient l'argent. Comment résister ? On pensera que le vol est le mobile du meurtre. Vous prenez le paquet et sortez dans le couloir. Mais vous comprenez que puisqu'il y a eu mort d'homme il y aura fatalement enquête. Cacher dans votre chambre ce paquet est un trop gros risque. Vous entrez dans la lingerie et le dissimulez dans une corbeille sous des draps, après quoi vous regagnez le salon.

George Nelson se leva et, se redressant de toute sa taille :

– Sir, dit-il, j'ignore comment vous avez pu reconstituer ce qui s'est passé mais je le jure ici devant Dieu, sir Thomas était effectivement mort lorsque je suis entré dans son bureau. C'est lui qui m'avait demandé de le rejoindre.

– Savez-vous pour quelle raison ?

– Il souhaitait que j'intercède auprès de Johanna et de Terry dans cette affaire de mariage.

– Mais, remarqua le sergent Cooper, il y a quelque chose qui ne va pas ! Lorsque la chaîne et la botte sont tombées sur la tôle, c'était avant le deuxième coup de feu ! De l'aveu même de M. Nelson ici présent, le bruit attribué au fantôme a eu lieu avant que tout le monde soit aller se coucher ! Comment le revolver a-t-il pu se trouver dans la botte dès ce moment-là ?

Chapitre 17

– Évidemment, dit sir Ivory, ce revolver ne pouvait se trouver à la fois dans la botte et entre les mains de l'assassin qui l'aurait utilisé quelques heures plus tard pour tirer sur le cadavre de sir Thomas…

– Ce qui signifie… commença le superintendant.

– Ce qui signifie que ce revolver n'est pas l'arme du crime. Désolé, Wen Chang ! Encore un trompe-l'œil ! D'ailleurs, Douglas et vous Cooper, dites-moi si ce vieux revolver russe peut encore tirer quoi que ce soit, et avec quelles munitions introuvables aujourd'hui ?

– C'est un modèle totalement démodé et

sans doute hors d'usage, précisa Forbes. Je n'en ai jamais rencontré de semblable.

– Alors, pourquoi m'avoir accusé ? demanda George Nelson en reprenant son sang-froid.

– Parce que, jeune coq, je voulais que vous avouiez vous être rendu dans le bureau de sir Thomas avant que le deuxième coup de feu ne soit tiré, dit sir Malcolm. Et donc, maintenant, ne vous dérobez plus. Nous oublierons volontiers votre tentative de vol, puisqu'en fait l'argent n'a fait que traverser le couloir et qu'il sera restitué. Mais répondez-moi : le petit coffre mural était ouvert, n'est-ce pas ?

George Nelson bredouilla :

– Sir, tout s'est passé comme vous l'avez dit.

– Et le paquet était visible à l'intérieur du coffre…

– En effet.

– Il n'y avait rien d'autre dans le coffre ?

– Je ne pense pas. Vous savez, j'ai été très vite… Il y avait le corps, et ce sang. Les yeux grands ouverts semblaient me regarder.

– Est-ce vous qui avez fouillé les tiroirs et jeté des papiers sur le plancher de la chambre ?

– Je vous assure que non.

– Et l’encre renversée sur le bureau de sir Thomas ?

– Je n’ai pas vu d’encre renversée. J’en suis certain.

– Mais, à ce moment-là, vous êtes-vous rendu auprès de ce bureau ?

– Non, pas du tout.

– Et donc la tache d’encre aurait pu s’y trouver déjà sans que vous la remarquiez…

– Évidemment.

– Bon, je vous remercie. Eh bien, il va nous falloir orienter nos efforts dans une nouvelle direction. Sergent Cooper, pourriez-vous me faire conduire à la banque Nelson d’Inverness, et prévenir par téléphone M. Nelson qu’il veuille bien se tenir à ma disposition en fin de matinée ?

– À vos ordres, sir.

– Douglas, m’accompagnez-vous ?

– J’aimerais autant rester ici. Cette histoire de revolver me tracasse. Si ce n’est pas celui-ci, il faut bien qu’il y en ait un autre. D’ailleurs, Chang, comment avez-vous eu l’idée de chercher dans cette cheminée ?

– Habituelle cachette chinoise…, fit le Chinois avant de pouffer de son rire aigu. Quand mari veut cacher argent à épouse, il cache dans cheminée.

– Et les épouses ne le savent pas ?

– Si, si, elles savent très bien mais interdit faire perdre face à mari, n'est-ce pas ?

Lorsqu'un peu plus tard sir Ivory se rendit dans le hall pour gagner la cour où la voiture de police l'attendait, il se heurta à Miss Craven qui sortait de la cuisine. Elle avait mis son tablier afin de préparer le lunch.

– Je ne serai pas des vôtres à midi, mademoiselle.

– Comme vous voudrez.

– Mais, dites-moi, puisque je vous rencontre ainsi, puis-je vous poser une nouvelle question ?

Elle haussa les épaules :

– Pourrais-je y déroger ?

– Non, c'est vrai. Vous ne le pourriez pas. Le soir du crime, vous avez déclaré n'être pas venue servir au salon…

– En effet.

– C'est d'ailleurs ce que j'ai appris d'autre part. Mais quand avez-vous caché le message sous le couvercle du piano à l'intention de Mlle Kathleen ? Ne faut-il pas passer par le salon pour se rendre dans cette petite salle de musique ?

Elle répondit d'un ton aigre :

– Je vous ai affirmé que je n'avais pas servi mais je n'ai jamais prétendu n'avoir pas traversé le salon.

– C'était à quel moment ?

– Peu avant la fin du dîner. Sir Thomas m'avait heurtée par des propos injustes. Il avait trop bu. Bref, je craignais pour Kath. Il me semble vous l'avoir déjà dit.

– Mademoiselle, je me demande s'il n'y a pas une autre raison que celle-là.

– Laquelle donc ?

– Oh ! je ne sais pas encore, mais soyez certaine que je le saurai.

De nouveau elle haussa les épaules et poursuivit son chemin en direction de l'escalier du premier étage. Arrivée au bas elle se retourna et, voyant que sir Ivory la regardait, elle demanda :

– Quand pensez-vous lever les scellés sur l'appartement de sir Thomas ? Il va me falloir y remettre de l'ordre, voyez-vous…

– Ce ne sera pas long. Demain, sans doute.

Elle s'engagea dans l'escalier tandis que sir Malcolm gagnait la voiture. Mais comme il y arrivait, il vit Kathleen et Lennox qui, devant l'écurie, s'occupaient des chevaux. Il s'approcha d'eux.

– Vous avez enfin pu les sortir… Le temps est plus clément aujourd'hui. Combien en avez-vous ?

– Quinze, dont deux poulinières et un étalon, répondit la jeune fille.

Elle portait un pantalon en jean, un tricot de grosse laine et une casquette d'homme à carreaux avec un pompon.

– Ne craignez-vous pas que la propriété soit un peu lourde à gérer ?

– J'en ai l'habitude. Demandez à Lennox. Depuis un certain temps c'est moi qui ai pris en main le domaine.

– Votre père l'acceptait-il ?

– Il s'occupait plutôt de la comptabilité. Et puis il s'entraînait pour les prochaines compétitions de Crieff.

– À son âge ?

Elle arrêta d'étriller l'animal et, d'un ton las :

– Il refusait de s'arrêter. En fait, les organisateurs se débrouillaient pour ne pas trop le fatiguer. Ils l'accueillaient avec beaucoup d'honneurs. Mais je dois dire qu'il sentait qu'on le ménageait, ce qui le vexait.

– Plus de lancer d'arbres…

– Il en avait fait une maladie. Bah, peu importe, à présent !

Sir Ivory profita de ce que Lennox se fut éloigné pour laisser tomber à mi-voix :

– Le vieux Alan m'a tout raconté.

Kathleen rougit violemment, baissa les yeux puis les releva. Ils étincelaient de colère :

– Cela ne vous regarde pas ! Je vous interdis !

Puis, d'un geste rageur, elle jeta l'étrille par terre et regagna le manoir en courant. Le palefrenier revenait.

– Lennox, avez-vous vu les jumeaux, ce matin ?

– Sont partis très tôt en direction du village, qu'on sel'dise…

– À pied ?

– Avec l'automobile de M. Peter. Il y avait aussi la demoiselle, la grande blonde…

Sir Malcolm revint vers la voiture de la police où le sergent Cooper l'attendait. Ce dernier demanda :

– Quelque chose ne va pas, sir ?

– J'ai seulement peur que ces jeunes gens ne fassent une grosse bêtise. J'aurais dû m'occuper d'eux dès ce matin mais, si j'ai bien compris, ils étaient déjà partis lorsque nous sommes revenus au manoir.

– Craignez-vous qu'ils ne se soient éloignés ?

– Qu'ils aient pris la fuite ? Oh, il est vraisemblable qu'ils se sentent soupçonnés ! Mais j'y pense : il se peut qu'ils se soient tout simplement rendus à Inverness chez les Nelson. La présence de Johanna avec eux me le laisserait croire. Eh bien, si c'est le cas, nous les retrouverons là-bas. Allons, sergent ! Et pas trop vite, je vous prie. J'ai horreur des sensations fortes…

Sir Ivory était déjà venu à Inverness, la capitale des Highland. À la suite des événements sanglants qui ont marqué son histoire, les bâtiments anciens y sont peu nombreux. C'est une ville du XIXe siècle avec son château reconstruit à la mode victorienne et sa cathédrale Saint-Andrew néogothique. Des travaux étaient en cours pour l'édification d'un pont suspendu au-dessus de l'estuaire de la Beauly.

La banque Nelson était située non loin de l'*Abertaff House*, vieille demeure du XVIe siècle que l'on était en train de rénover. Étant donné la proximité de ce bâtiment, la banque avait dû renoncer pour sa façade à toute modernité tapageuse. Sir Ivory s'en félicita.

John Everett Nelson, le banquier, les reçut dans son bureau particulier dès qu'ils furent annoncés. L'homme se voulait important. Cela se voyait à sa façon de porter la jaquette grise, le pantalon noir à fines rayures blanches, la chemise à col cassé et le gros nœud papillon à l'ancienne. Sa taille était moyenne mais il portait des souliers à talons destinés à la hausser. Sa grosse figure ronde, lisse et rouge s'ornait d'un collier de barbe rousse finement taillée et d'une moustache à crocs relevés qui lui donnaient un air d'ancien de l'Armée des Indes. Ses cheveux étaient soigneusement plaqués sur son crâne afin de masquer une calvitie déjà fort avancée. Un diamant ornait l'auriculaire de sa main droite tandis qu'une importante chaîne en or pendait de son gousset.

– Messieurs, asseyez-vous, je vous prie. Il est malheureux, sir Ivory, que vous vous soyez déplacé dans notre belle région à l'occasion d'une aussi tragique circonstance. Sir Thomas Stuart était mon ami. L'Écosse a perdu l'un des derniers grands mainteneurs de ses traditions. Et, naturellement, nous allons organiser ses funérailles avec toute la pompe nécessaire. Les autorités m'ont chargé du discours auprès du monument funéraire en tant que président à vie des assemblées tutélaires. Des représentants de toutes nos communautés seront présentes, que ce soient des Grapians ou des Highlands, les champions de lancer et de course ont été convoqués ainsi que l'ensemble des *pipers*. Bref, toute la culture *Gaeldom* sera représentée à son plus haut niveau. Avez-vous lu les journaux à ce sujet ?

– Pardonnez-moi, fit sir Malcolm d'un ton sec, mais il se trouve que sir Thomas a été assassiné. Les festivités qui entoureront ses obsèques m'intéressent beaucoup moins que l'arrestation de son meurtrier.

– Oh ! ce que j'en disais…

– Monsieur Nelson quel est l'état du compte ou des comptes de sir Thomas ?

– Mais, sir Malcolm… Le secret bancaire m'interdit toute révélation à ce sujet !

– Parfait. Eh bien, cher monsieur, nous allons un peu parler de votre fils.

– De George ? Et à quel propos ?

– Il est suspecté d'avoir attenté à la vie de sir Thomas.

– Quoi ?

Le rugissement qui sortit de la gorge du banquier dut s'entendre jusque dans le couloir.

– N'avez-vous pas honte de venir accuser mon fils ? Un Nelson !

– Calmez-vous, je vous prie. Être suspecté n'équivaut pas à être coupable. Écoutez plutôt. Votre fils a apporté une somme d'argent liquide à sir Thomas, n'est-ce pas ? De votre part ?

– En effet.

– Cette somme a été volée durant la nuit du crime et votre fils a reconnu qu'il était l'auteur de ce larcin.

M. Nelson serra les dents et jeta :

– Le crétin !

Puis il se reprit :

– Sir Malcolm, cet enfant a été trop gâté par sa mère. J'avais espéré qu'en embauchant Peter Stuart, son ami, il prendrait exemple sur lui et se mettrait au travail. Hélas, il ne cesse de jouer à des jeux d'argent et de se faire plumer comme une grouse ! Et les cadeaux aux filles par-ci, les paris ridicules par-là ! Ah, j'en ai assez ! Mais, dites-moi…

Il s'arrêta. Brusquement ses grosses joues devinrent livides.

– Dites-moi, pour reprendre cet argent à sir Thomas, il n'a pas fait de bêtise, au moins ?

– Je l'espère et, entre nous, je ne crois pas

qu'il soit coupable de la mort de sir Thomas. Mais le superintendant risque fort de voir les choses autrement…

M. Nelson se leva et frappa son bureau avec son poing.

– On n'arrête pas un Nelson !

– Monsieur, dit sir Ivory, je ferai le nécessaire pour que Scotland Yard ne crée pas de désagréments trop visibles à votre fils, mais pour cela il me faut approfondir mon enquête et, en premier lieu, connaître les comptes de sir Thomas.

– Bien, bien. Pour tout vous avouer, je les ai consultés ce matin. L'homme était extrêmement fortuné et vivait d'une manière austère, ne dépensant quasiment rien.

Il tendit une feuille à sir Malcolm.

– Voilà les chiffres.

– Eh, mais c'est considérable ! Je comprends que les enfants Stuart soient de beaux partis… Même coupée en trois une semblable fortune permet à chacun d'entre eux de vivre de leurs rentes jusqu'à la fin de leurs jours…

– Vous ne l'auriez pas cru, n'est-ce pas ?

– Je l'avoue. Mais d'où venait tout cet argent ?

– De placements judicieux. C'était un nez, comme nous disons dans notre jargon.

Sir Ivory remit le papier au banquier puis il reprit :

– Et donc vous voyez d'un bon œil le mariage de votre fille Johanna avec Peter…

– Pas avec Peter ! Avec Terry. Mon épouse adore ce garçon.

– Et Johanna ?

Il parut étonné de cette question.

– Johanna ? Mais je ne sais pas… Je suppose…

Sir Ivory, à son habitude, changea de sujet inopinément.

– Monsieur Nelson, vous arrivait-il souvent de verser de l'argent liquide à sir Thomas ?

– Quand il devait acheter une bête. Mais les sommes étaient de beaucoup moins importantes.

– Et, à votre avis, cet argent, à quoi devait-il servir ?

– Cette fois-ci ? Je me le suis demandé. Avec une telle somme il aurait pu acheter une ou deux belles maisons ! Mais on ne traite pas une maison en liquide ! Oui, c'est curieux. Il m'avait appelé au téléphone, le matin même, me demandant de lui faire parvenir ce montant, et comme mes enfants devaient se rendre au manoir, il a souhaité que je veuille bien le leur confier.

– Connaissez-vous le nom du notaire de la famille Stuart ?

– Maître John Harris-Burns, bien entendu. Le seul à s'occuper des vieilles familles de ce pays et, au demeurant, un excellent fusil de chasse. Un vieil ami.

Sir Ivory se leva, imité par le sergent Cooper qui durant tout l'entretien s'était fait le plus discret possible.

– N'ayez crainte pour votre fils. J'essayerai d'arranger cela. Sauf s'il est coupable du meurtre, évidemment.

– Mais c'est impossible ! Un Nelson ! Et surtout pas de rumeur, pas de scandale ! Je vais appeler mon ami le chef de la police régionale afin que tout soit fait correctement. Il me doit beaucoup. Vous comprenez ce que je veux dire, sir Malcolm ?

– Je le comprends extrêmement bien, monsieur Nelson. Mais, au fait, vous n'avez pas eu la visite des deux fils Stuart accompagnés de votre fille, ce matin ?

– Pas à la banque, en tout cas.

– Pourriez-vous téléphoner à votre domicile afin de vous informer au cas où ces jeunes gens s'y seraient réfugiés ?

Le banquier fit un numéro, parla quelques instants avec son épouse.

– Non. Aucune nouvelle. Peter et Terry devaient-ils venir nous rendre visite ?

– Si jamais vous les rencontrez ou les avez au téléphone, adjurez-les de regagner immédiatement Glen Deveron.

– Mais en quoi ma fille a-t-elle quelque chose à voir là-dedans ?

– Elle est suspecte au même titre que les autres, monsieur Nelson.

– Mais c'est infâme ! Ma fille, à présent ! Écoutez, sir Ivory, je vous conseille de bien peser vos actes et vos paroles.

– C'est ce que je fais toujours, cher monsieur. Cela dit, avez-vous déjà entendu parler des cinq doigts ?

La colère de M. Nelson tomba d'un coup. Il montrait un visage stupéfait.

– Les cinq doigts… Je ne comprends pas…

– L'empreinte de cinq doigts sur un document. C'est une coutume écossaise, n'est-ce pas ?

– C'est-à-dire… Mais pourquoi me demandez-vous ça ?

– Répondez-moi, je vous prie : que vous évoquent ces cinq doigts ? Vous êtes un des mainteneurs de la tradition *Gaeldom* que je sache !

– En effet, mais c'est là une chose un peu bizarre... On se serait jadis servi de ce signe pour ajouter foi à un témoignage. Celui qui posait cette empreinte sur un document engageait sa main, en quelque sorte. S'il mentait, il acceptait ainsi que sa main soit coupée.

– Et cela se pratique-t-il encore ?

– Pas à ma connaissance.

– Peut-être un vieux fou féru de folklore le ferait-il pour donner tout son poids à un témoignage d'une gravité exceptionnelle, ne croyez-vous pas ?

Le banquier ne sut que répondre et sir Ivory sortit l'abandonnant à ses réflexions.

Chapitre 18

Lorsqu'ils regagnèrent la voiture, ils s'aperçurent que l'ampoule rouge de la radio clignotait. Cooper appela le standard. C'était le lieutenant MacGregor qui souhaitait leur communiquer une nouvelle inquiétante.

– Allô, sergent ! Passez-moi immédiatement le superintendant.

– Il est resté à Glen Deveron mais sir Ivory est à mes côtés. Je vous le passe.

– Sir Malcolm, les fils Stuart ainsi que Johanna Nelson ont tenté de nous fausser compagnie. J'avais mis une voiture en surveillance à la sortie du manoir. À 6 heures, ce matin, une automobile est sortie de la cour, tous feux éteints. Mes gars ont flairé quelque chose. Ils l'ont suivie. Les fuyards ont pris la direction du cimetière et s'y sont arrêtés un instant. Un des jumeaux est descendu et remonté deux ou trois minutes plus tard. Ensuite ils sont partis en direction de Dufftown par la A 941. Ils ont dû s'apercevoir qu'ils étaient suivis car ils se sont mis à accélérer. Une vraie course poursuite ! Résultat : à l'entrée de Rothes, ils ont pris une petite route qu'ils devaient connaître. Mes hommes, à ce moment-là, les ont perdus.

– Abrégez, lieutenant !

– Eh bien, le jeu de cache-cache a duré une partie de la matinée et c'est vers 10 heures que le contact a été repris. Je vous passe les détails. Ils s'étaient engagés sur la route de Craigievar pour se cacher et revenaient à l'embranchement de la route de Pitmedden lorsque mes gars sont tombés dessus. Je pense qu'ils se sont affolés. Leur voiture a fait un tête-à-queue, a heurté un arbre, puis est tombée dans le fossé. Et quand je dis le fossé, c'est plutôt un précipice que je devrais dire ; mais ils ont été retenus par des fourrés, ce qui leur a évité le pire.

– Y a-t-il des blessés ?

– L'un des jumeaux a un bras cassé. L'autre a le visage égratigné, sans plus. C'est plutôt la jeune fille qui est mal en point. Elle n'a pas repris connaissance.

– Où sont-ils ?

– On les a ramenés à l'hôpital de Macduff.

– Veuillez prendre contact avec le superintendant qui est resté au manoir. Qu'il se rende auprès des blessés. Le sergent Cooper et moi avons encore une formalité à remplir ici, puis nous vous rejoignons.

Sir Ivory reposa les écouteurs de la radio et hocha la tête.

– Ces jeunes gens sont décidément trop romanesques...

Cooper rétorqua avec une certaine vivacité :

– En fuyant ils signent leur crime !

– C'est plus subtil que ça, croyez-moi. Mais passons ! Allons chez maître Harris-Burns, je vous prie !

Dès que le notaire eut appris que sir Ivory s'occupait de l'affaire Stuart, il fit entrer les deux hommes dans son bureau. C'était un sexagénaire confit dans sa notoriété. On eût dit qu'il portait tout le poids de l'aristocratie écossaise sur ses épaules.

– Ah, messieurs de Scotland Yard... Si je m'attendais à pareille tragédie ! Sir Thomas !

Un membre éminent de l'ordre du Chardon et de Saint-André ! Que vous dire ? Je suis atterré, positivement anéanti. Nous lui ferons des obsèques royales. D'ailleurs j'ai été chargé de prononcer le discours devant la tombe. J'étais son plus ancien ami, voyez-vous...

– Je comprends votre peine, coupa sir Malcolm, mais mon devoir est de désigner le meurtrier à la justice et donc d'obtenir de vous quelques renseignements indispensables.

– Autant qu'il me sera possible de le faire, croyez que je me mets au service de la mémoire de sir Thomas.

– Sir Thomas avait-il rédigé un testament ?

– Pas auprès de mon étude, en tout cas. Cela vous paraîtra singulier, mais il avait horreur de parler de la mort et plus particulièrement de la sienne. J'ai bien essayé à diverses reprises de l'amener à y réfléchir, mais il s'y est toujours refusé. Ce qui n'exclut évidemment pas qu'il ait rédigé un testament hors notaire, mais je n'en ai aucune connaissance.

– Et son épouse, avait-elle rédigé un testament ?

– Oh oui ! Elle laissait tout à ses deux fils et rien à son mari ni à sa fille. Ayant rédigé son testament bien avant d'être enceinte, elle n'avait rien prévu pour l'enfant qui devait naître. Sir Thomas n'en fut d'ailleurs ni étonné ni meurtri. Sa propre fortune était déjà à cette époque fort considérable bien qu'il vécût plutôt de façon ascétique.

– En quoi consistait cet héritage maternel ?

– Uniquement en titres. Mme Stuart avait effectué le partage avec ses sœurs au décès de leurs parents. Elle leur avait abandonné les immeubles.

– On peut donc dire que les jumeaux Stuart sont riches.

– Ils le sont sans aucun doute. À moins qu'ils n'aient tout dépensé, naturellement. Avec les jeunes d'aujourd'hui, on ne sait jamais... Et maintenant Mlle Stuart et les jumeaux vont hériter chacun du tiers de la part paternelle. Du moins je le suppose...

– N'est-ce pas la loi ?

– Certes ! Sauf s'il y a un testament modifiant les données du partage.

– Pourquoi sir Thomas aurait-il pu agir de la sorte, à votre avis ?

Le notaire leva les bras au ciel :

– Oh, ne me faites pas dire ce que je n'ai

surtout pas voulu dire ! J'ignore s'il y a un testament. S'il en existe un, nous verrons bien.

À sa manière habituelle, sir Ivory changea brusquement de sujet :

– Maître, vous qui êtes un spécialiste des traditions écossaises, pouvez-vous me dire ce que signifient les cinq doigts ?

Le notaire parut surpris. Il balbutia :

– Cinq doigts, dites-vous ? Mais je ne vois pas...

– Allons, maître Harris-Burns... Les cinq empreintes de doigts... Le banquier Nelson nous en a touché un mot et j'avoue que cette coutume m'intéresse.

Le sexagénaire fut soudain soulagé :

– Ah, Nelson vous en a parlé ! Eh bien, oui. C'est une sorte de superstition, si vous voulez. Je crois qu'elle remonte à l'époque du roi Bruce.

– Ne serait-ce pas plutôt le signe d'une confrérie ?

Harris-Burns se troubla à nouveau :

– Oh ! je ne pense pas.

– Une sorte d'avertissement...

– Non plus. Mais je ne sais pas. Ce sont des choses que les gens racontent...

– Maître, dans votre profession vous connaissez beaucoup de secrets, n'est-ce pas ?

– Cela m'arrive...

– Alors, pourquoi, selon vous, sir Thomas Stuart a-t-il utilisé ce signe peu de temps avant sa mort ? Le bout des doigts de sa main gauche était maculé d'encre noire.

Le visage du notaire devint livide. Il demeura bouche bée un instant puis se décida :

– S'il en est ainsi... Il faut que je vous dise... Ce devait être pour sacraliser une déclaration écrite importante.

– Un testament, par exemple ?

– Non, pas nécessairement un testament. Autre chose, je ne sais pas.

– Une répudiation ?

– Les cinq doigts garantissent, en quelque sorte, la valeur du document. Cette coutume vient du temps où l'on ne savait pas signer. Par la suite c'est devenu la marque d'un acte considérable. Mais c'est bien la première fois de toute mon existence que quelqu'un de ma connaissance a utilisé ce procédé.

– Connaît-on des cas historiques de son utilisation ?

– L'historien Max Brower cite quelques cas,

en effet. Et j'y pense : Mary Stuart, la reine, l'aurait utilisé pour faire exécuter Henry, son deuxième mari, par Bothwell. Mais j'ignore si ce Brower est bien sérieux.

Sir Ivory n'en put rien tirer davantage. Ils se séparèrent.

– Pas très bavard... laissa tomber Cooper dès qu'ils furent dans la rue.

– Mais le peu qu'il nous a dit ne manque pas d'intérêt. Cette histoire des cinq doigts pourrait expliquer l'ouverture du coffre.

– N'est-ce pas George Nelson qui a volé l'argent ?

– Mais ce n'est pas lui qui a ouvert le coffre. Il était déjà ouvert lorsqu'il est entré dans le bureau de sir Thomas. La personne qui l'a ouvert recherchait un document précis ; vraisemblablement celui qui comportait l'empreinte des cinq doigts. L'argent ne l'intéressait pas puisqu'il l'a laissé. Autre indication intéressante : les jumeaux ont hérité de leur mère ; pas Kathleen.

– Qu'en déduisez-vous, sir ?

– Je ne déduis jamais rien de quoi que ce soit, sergent ; sachez-le. Allons à Macduff. Il me tarde d'interroger nos fuyards.

– À vos ordres, sir.

Durant tout le trajet, sir Malcolm sembla dormir. Mais dès l'entrée dans la cour de l'hôpital il fut pris d'une fougue qui, bien que maintenue, parut insolite à Cooper. Décidément ce gentleman était bien étrange, peut-être même un tantinet prétentieux, mais puisqu'il venait de Londres avec la bénédiction du Yard, il était vraisemblable qu'il valait tout de même quelque chose...

Douglas Forbes les accueillit dans le hall où il faisait les cent pas, en proie à une grande fébrilité.

– Ah, sir Malcolm ! Salut, Cooper ! Ils ont avoué.

– Qui donc ?

– Eh bien, les deux frères... Ce sont eux qui ont tué sir Thomas. C'est bien ce que je pressentais depuis la découverte du poney.

Sir Ivory eut un large sourire qui déconcerta le superintendant.

– Racontez-moi cela, Douglas.

– Dès leur arrivée ici, MacGregor les a fait mettre chacun dans une chambre séparée. J'ai attendu qu'on les ai un peu retapés et, avec l'autorisation du médecin, je les ai interrogés séparément tous les deux.

– Et la jeune fille ?

– Elle est encore dans une sorte de coma, mais léger. D'après le médecin, elle devrait se réveiller assez vite. Bref, j'ai d'abord interrogé Peter Stuart. C'est lui qui conduisait la voiture. Il a le bras droit cassé en deux endroits et des ecchymoses un peu partout mais rien de très grave. Dès qu'il m'a vu entrer dans sa chambre, il s'est mis à table. C'est lui qui a tiré la première balle. Comme il est droitier, sa déclaration correspond au rapport de balistique.

– Et pourquoi aurait-il tué son père ? demanda sir Ivory.

– Je viens de vous le laisser entendre... À cause du poney, évidemment. C'est la goutte qui a fait déborder le vase, comme dirait Mme Forbes, mon épouse.

– De quelle arme s'est-il servi ?

– Un revolver qui appartenait à sir Thomas. Il l'a trouvé sur le bureau... Mais attendez que je vous explique...

– Oh, je sais ! Ils se sont disputés, le ton a monté, le coup est parti. C'est ce que vous aviez déjà subodoré, n'est-ce pas ?

– En effet, et j'avais vu juste. D'ailleurs je me suis rendu auprès de Terry peu après. Il était à côté de son frère dans la voiture. Lors de l'accident il est passé à travers le pare-brise. Son visage n'est qu'une plaie mais là encore rien d'important. Des coupures superficielles qui saignent énormément. Bref, je n'ai pas eu besoin d'insister beaucoup. Il a tout avoué lui aussi.

– Il a avoué avoir tiré la deuxième balle. C'est ça ?

Forbes émit un grognement qui exprimait son embarras.

– Pas exactement. Vous savez ce que c'est, après un choc pareil... Il prétend avoir tiré le premier sur sir Thomas. Et comme je lui faisais remarquer que son frère venait d'avouer la même chose, il est entré dans une grande agitation, disant que si Peter agissait ainsi c'était pour le disculper mais qu'il ne fallait pas tenir compte de ses affirmations car c'était bien lui et personne d'autre qui avait tué son père.

– Alors vous êtes reparti interroger Peter...

– C'est exact.

– Et Peter vous a tenu le même langage que Terry ! Amusant, non ?

Le superintendant sentit la moutarde lui monter au nez.

– Je ne vois rien de drôle là-dedans ! Un parricide, sir Malcolm !

– Écoutez, Douglas, chacun d'eux est persuadé que c'est l'autre le meurtrier. Chacun s'accuse pour innocenter son frère.

– Mais, de toute façon, c'est l'un des deux !

– Rien n'est moins certain, je regrette de devoir vous le dire.

– Sir Malcolm, je ne vous comprends pas... Qu'ils veuillent brouiller les cartes, c'est possible. Ils savent, en effet, que celui qui a tiré sur le cadavre ne pourra être condamné pour meurtre. Mais la balistique est formelle... C'est Peter l'assassin puisque c'est lui le droitier. Terry aura beau s'accuser. Aucun juge ne le suivra.

À ce moment un médecin en blouse bleue et calotte s'approcha d'eux.

– Ces messieurs de Scotland Yard, je présume... Docteur Philip Stone. Mlle Nelson a recouvré ses esprits depuis un quart d'heure et demande instamment à vous parler. J'accepte que vous alliez la voir, mais quelques instants seulement.

– Est-ce grave ? demanda sir Ivory.

– Le scanner nous renseignera mieux mais pour cela il faudra conduire la patiente à Aberdeen. En attendant, nous devons suspendre notre diagnostic. Ces mini-comas peuvent réserver de bonnes ou de mauvaises surprises, c'est selon.

Ils se rendirent chambre 34 où Johanna Nelson reposait sur un lit métallique. La blancheur de son visage et les cernes sous les yeux lui donnaient un air grave. Les volets avaient été tirés. Une infirmière se tenait assise à ses côtés.

– Messieurs, je vous demanderai de parler à voix basse.

Une petite voix sourde sortit des lèvres pâles qui tentèrent d'esquisser un sourire.

– Il faut... que je dise quelque chose...

– Nous vous écoutons, mademoiselle, chuchota Forbes en se penchant vers la blessée.

– Le revolver... C'est moi qui l'ai caché.

– Quel revolver ? demanda sir Malcolm.

– À crosse de nacre... Il était sur le bureau de sir Thomas. Je l'ai monté au deuxième étage. George avait préparé une farce...

– Nous savons cela.

– Ah ! vous savez... J'ai mis le revolver dans la botte... Pour le cacher.

– Pourquoi êtes-vous allée dans le bureau ?

– George s'était rendu chez sir Thomas et l'avait trouvé mort. Il avait volé de l'argent. Il est venu me le dire. Il s'était rendu compte de sa bêtise. Il paniquait. On allait l'accuser. Alors j'ai été voir...

– Voir s'il n'avait pas laissé de traces susceptibles de l'incriminer. C'est bien cela ? ajouta Forbes.

Elle ferma les yeux, sembla reprendre son souffle.

– C'est là que j'ai vu le revolver sur le bureau et que j'ai été le cacher.

– Et c'est vous qui, à ce moment-là, avez allumé la chandelle, dit sir Ivory. Ainsi, botte et revolver disparaîtraient dans la cheminée.

Elle cligna des yeux pour acquiescer. Sir Malcolm reprit :

– En vérité, vous craigniez que Peter ne soit le meurtrier, n'est-ce pas ? c'est pour cette raison que vous êtes allée dans le bureau. Vous n'avez jamais pensé que l'assassin pouvait être votre frère. Il n'en aurait pas eu le courage. Voler, oui. Tuer, certainement pas. Mais après toutes les sottises que sir Thomas avait dites durant la soirée, vous avez pris peur. Car, mademoiselle, c'est bien Peter que vous aimez...

Une larme coula le long de la joue de la jeune fille. Sir Ivory poursuivit :

– L'obstination de sir Thomas et de vos parents à vouloir vous marier avec Terry avait-elle un sens ?

– Peter est ruiné. Tout perdu au jeu par la faute de George. Mais peu m'importe. C'est lui que j'aime.

Elle éclata en sanglots.

– Messieurs, il vous faut arrêter... dit vivement l'infirmière.

– Une dernière question, je vous prie. Qui a eu l'idée de cette fuite ?

– Terry. Pour que nous allions demander conseil au bureau d'avocats où il fait son stage. Et puis la police nous a poursuivis. Nous avons pris peur.

– Tout est clair, à présent, assura sir Ivory. Ne vous inquiétez pas, mademoiselle. Le revolver que vous avez caché n'est pas l'arme du crime. C'est une vieillerie incapable de faire du mal à une mouche.

Chapitre 19

*I*l était 3 heures de l'après-midi lorsque sir Ivory et le superintendant furent ramenés au manoir des Stuart par le lieutenant MacGregor. Le sergent Cooper avait décidé de se lancer lui-même dans diverses investigations que sir Malcolm lui avait conseillées. Un maigre soleil éclairait la cour où le palefrenier Lennox faisait trotter au licou le *yearling* qui semblait remis de ses écorchures aux flancs.

– Mademoiselle Kathleen est-elle là ? lui demanda sir Malcolm en descendant de l'automobile.

– Dans le manoir, qu'on sel'dise, et même qu'elle est pas contente.

– Et pourquoi donc ?

– Oh ça, j'sais pas, mais elle a le fichu caractère de son père... Une teignasse !

Sir Ivory et le lieutenant entrèrent dans le manoir et se heurtèrent à Wen Chang qui, ayant entendu la voiture, venait à leur rencontre.

– Wen Chang a encore trouvé revolver.

Il était ravi. Sa grosse tête ronde était éclairée par deux yeux malicieux et un sourire fendu jusqu'aux oreilles.

– Où avez-vous fait cette découverte ? demanda Forbes plutôt incrédule.

– Vous suivre Wen Chang et voir avec vos yeux.

Il précéda les trois enquêteurs dans la cuisine au fond de laquelle se trouvait l'évier, une grande cuisinière à l'ancienne, une table de préparation et, au-dessus, trois étagères qui s'étendaient d'un mur à l'autre. Sur ces étagères étaient alignés des pots en faïence et des boîtes en métal vernissé de différentes tailles.

– Wen Chang a profité moment où Miss Craven absente pour commissions à village. Wen Chang regarder et Wen Chang comprendre où trouver revolver. Là sucre, là sel, là farine, là épices... Et là...

Il désignait sur la plus haute étagère un pot très semblable aux autres.

– Et là graisse de cochon fondue.

– Du saindoux, rectifia sir Ivory qui commençait à comprendre.

Le Chinois se saisit d'une chaise, monta dessus afin de parvenir à s'emparer du récipient qu'il descendit.

– Wen Chang a déjà ôté graisse de cochon et a laissé revolver au fond.

– Par saint George ! s'écria MacGregor.

– Par saint Patrick ! jura Forbes.

Encore partiellement enrobée dans de la graisse, l'arme, en effet, gisait au fond du pot. C'était un de ces petits calibres que l'on désigne communément par le nom de « pistolet pour dames ». Avec précaution, sir Malcolm le saisit par le canon.

– Cette fois, dit-il, je crois que c'est le bon ! Une petite arme, certes, mais qui à bout portant et à hauteur du cœur comme ce fut le cas ne pouvait manquer d'être mortelle.

– Deux balles ont été tirées, remarqua Forbes.

– Mais, dites-moi, Wen Chang, comment avez-vous eu l'idée de chercher dans ce pot ? demanda sir Ivory.

– Cachette des femmes chinoises pour argent. Autrement maris vont boire.

Il partit d'un rire aigu.

– Seule une femme a pu avoir une idée pareille ! s'écria le superintendant.

– Vous parieriez sur Kathleen ou sur Miss Craven ? demanda sir Ivory.

– Il faut les interroger tout de suite, décréta Forbes. Ah, sapristi ! On s'est déjà trop moqué de nous dans cette maison !

Ils se rendirent dans le bureau du rez-de-chaussée où Kathleen Stuart était en train de faire ses comptes. À leur entrée, elle leva des yeux inquiets.

– Comment vont-ils ?

– Ils en seront surtout quittes pour la peur, répondit sir Malcolm. Votre frère Peter a un bras cassé, Terry des égratignures multiples au visage. Quant à Mlle Nelson, il semble qu'elle soit sortie de son évanouissement dans de bonnes conditions.

– Mais qu'allaient-ils faire à Aberdeen ?

– Consulter le cabinet d'avocats où Terry fait son stage.

– Ah ! je comprends. C'est terrible d'être suspecté.

Elle referma son livre de comptes et ajouta en soupirant :

– Notre pauvre père a laissé ses affaires dans un grand désordre...

– Mais sa fortune est intacte, n'est-ce pas ?

Elle hocha la tête.

– Il ne parlait jamais d'argent. Toutefois je sais qu'il spéculait en Bourse. M. Nelson m'a confié, il y a quelques mois, que notre père avait fort bien réussi dans ses placements. Heureusement, car l'élevage tourne très mal.

Sir Ivory sortit l'inhalateur de chez Creed du gousset de son gilet, en respira une ample bouffée, puis dit d'un ton neutre :

– Sir Thomas savait que Peter avait dilapidé sa part de l'héritage de votre mère. Et vous aussi le saviez.

Kathleen parut surprise puis offusquée.

– Ce sont les affaires de mon frère. Je n'ai pas à le juger.

– Mais cela peut expliquer la hargne de votre père contre Peter. Lorsqu'il l'accusait d'être frivole il n'avait pas tort, et l'on comprend mieux qu'il eût préféré que Johanna se mariât avec Terry, beaucoup plus mesuré, plus économe...

– Peter s'est laissé entraîner par George qui n'est qu'un propre à rien.

Sir Ivory changea de nouveau de sujet. Et brusquement :

– Dites-moi, mademoiselle, ce que vous pensez de la mort du poney.

Elle resta interdite durant un bref instant, puis elle dit d'une voix sourde :

– C'est ignoble.

– Et savez-vous exactement comment on l'a tué ?

– Eh bien... Le vétérinaire... Et vous l'avez constaté comme moi. Il a été égorgé.

– On n'égorge pas un poney aussi facilement que ça, et vous le savez très bien.

– Le vétérinaire m'a dit qu'il avait d'abord été assommé. Je ne comprends pas. C'est horrible... Puck était avec nous depuis si longtemps...

– Répondez-moi franchement, quoi qu'il puisse vous en coûter. Qui a pu tuer Puck ?

Elle se troubla, remua la tête en signe de dénégation, refoulant les larmes qui lui venaient aux yeux.

– Je ne peux pas... C'est trop affreux de devoir... Ah ! je vous en prie, sir...

– Pour se livrer à cette exécution avec une telle précision, il fallait bien connaître l'anatomie de l'animal. Lennox ?

– Vous savez bien que non.
– Vos frères en eussent été incapables.
– Évidemment !
– Les Nelson ?
– Non. Bien sûr que non !
– Miss Craven ?
– Elle ne s'y connaît pas en chevaux, et puis vous l'imaginez...
– Vous ?

Kathleen leva vers sir Ivory un regard implorant et d'un coup se décida :

– Vous savez bien que ce ne peut être que notre père... Il était dans un tel état de rage et puis il avait beaucoup bu. Il voulait punir Peter. J'en suis certaine à présent. C'est abominable d'accuser ainsi son père mais c'est lui, ce ne peut être que lui.

Elle éclata en sanglots rauques, se cachant le visage dans les mains. Le superintendant prit la parole :

– Ce sont vos frères qui ont tiré sur sir Thomas. Ils n'en pouvaient plus de l'autoritarisme aveugle de votre père. La mort cruelle du poney leur apparut comme un ultime défi. Il leur fallait venger cet animal qui leur avait été offert par feu votre mère.

Elle se leva et cria :

– Non ! Ils sont incapables d'avoir fait ça !

– Alors qui ? Et pourquoi ? demanda Forbes.

Elle s'effondra dans le fauteuil et demeura ainsi, tassée sur elle-même, les yeux hagards, pâle comme une morte. Ce fut alors que Miss Craven entra. Elle portait encore son manteau et son chapeau.

– Que se passe-t-il ici ? demanda-t-elle d'un ton furieux. N'avez-vous pas honte de terroriser ainsi une jeune fille ? On entend ses cris du hall d'entrée.

– Ah, vous voilà ! fit le superintendant.

– N'avais-je pas le droit d'aller faire mon marché ?

Sir Ivory prit la conversation en main.

– Mademoiselle, est-ce vous qui avez caché le revolver dans le pot de saindoux de la cuisine ?

Elle baissa les yeux, puis les relevant soudain :

– Oui, et après ? Vous accusez à tort et à travers ! Je sais que vous croyez à la culpabilité des enfants. J'ai le devoir de les protéger !

– Ainsi, vous avouez avoir dissimulé l'arme du crime..., dit MacGregor qui jusqu'alors s'était contenté d'assister à la joute.

– Mais j'ignore si c'est l'arme du crime ! lança-t-elle.

– Où l'avez-vous trouvé ?

– Dans l'escalier qui monte au premier étage. Sur une marche.

– À quel moment ?

– Juste après la découverte du corps. Alertée par le bruit j'étais venue voir ce qui se passait. C'est en redescendant que mon pied a touché un objet. L'escalier n'est pas éclairé. Je me suis penchée et c'est alors que j'ai compris qu'il s'agissait d'un revolver. Je l'ai pris et mis dans la poche de ma robe de chambre.

– Mademoiselle, ne savez-vous pas qu'il s'agit d'une dissimulation grave qui va vous coûter très cher ? dit Forbes avec force.

– Je n'ai pensé qu'aux jumeaux.

– Et pourquoi avoir pensé dès ce moment qu'ils pouvaient être coupables ?

– Je vous l'ai dit. Je les avais vus se rendre à l'écurie durant la soirée. J'ai trouvé cela étonnant de leur part. Ils ne s'intéressent généralement pas aux chevaux. Alors, après le dîner, je me suis rendue sur place, moi aussi, et c'est alors que j'ai vu le poney dans sa mare de sang. Quand j'ai appris que sir Thomas avait été abattu, j'ai fait le rapprochement.

– Vous accusez donc les jumeaux ? demanda sir Ivory.

Elle se rétracta aussitôt :

– Non, bien sûr ! Sir Thomas était leur père... C'est vous qui les accusez !

– Nous pourrions tout aussi bien accuser Mlle Kathleen, fit sir Malcolm.

La majordome eut un sursaut.

– Kath ? Mais ça n'a pas de sens !

– Elle vient elle-même de nous dire qu'elle trouvait la mort de Puck abominable. Elle sait que c'est sir Thomas le responsable de cet acte ignoble. Or, n'oublions pas qu'elle avait rendez-vous avec lui. Jusqu'à présent elle a soutenu ne s'être pas rendue à cette convocation. Mais rien ne nous interdit de penser qu'en quittant Johanna, cette nuit-là, elle ne soit allée retrouver son père. N'aurait-elle pu alors lui reprocher cet acte cruel ?

Kathleen s'écria :

– Non ! C'est faux ! Je n'y suis pas allée ! Je jure que je n'y suis pas allée !

– Mademoiselle, je crains que vous n'ayez du mal à nous faire croire que vous n'avez pas obéi à votre père, insista sir Ivory.

– J'avais peur de lui. Miss Craven m'avait, par son billet, déconseillé de m'y rendre...

Sir Malcolm se tourna vers la majordome.

– Miss Craven, comment saviez-vous que sir Thomas avait demandé à sa fille de venir le voir ? Vous n'étiez pas présente au salon à ce moment-là, que je sache...

– Je me doutais de quelque chose... Pourquoi avait-il convoqué Peter et Terry ?

– Vous nous avez dit que c'était pour évoquer le mariage entre Johanna et Terry, rappela Forbes.

– Peut-être, mais je crois qu'il y avait autre chose.

– Et quoi donc ?

– Il y avait des problèmes d'argent entre sir Thomas, Peter et George Nelson, j'en suis persuadée.

Sir Malcolm reprit la parole.

– Peter avait dilapidé sa part de l'héritage maternel en compagnie du fils Nelson, nous savons cela. Mais, mademoiselle Kathleen, depuis quand votre père le savait-il ?

– Plus d'un an. C'est d'ailleurs la raison pour laquelle Peter avait été embauché à la banque Nelson. Il fallait qu'il rembourse certaines sommes qu'il lui avait empruntées.

– Autrement dit, votre frère travaillera quasi gratuitement jusqu'au jour où il aura remboursé la banque. D'où j'en déduis que sir Thomas s'est refusé à l'aider.

– C'est exact et je lui donne raison, fit Kathleen. Peter s'est laissé entraîner par George dans des opérations douteuses et je crois que si les Nelson n'avaient pas eu le bras long toute cette affaire aurait fini en justice.

– Eh bien, voilà qui nous éclaire d'un jour nouveau, dit Forbes. Pourquoi ne pas nous en avoir parlé auparavant ?

La jeune fille s'essuya les yeux du revers de la main puis, d'une voix ferme :

– Croyez-vous qu'il soit facile d'étaler pareille situation devant des étrangers ?

Les paroles de Kathleen et du superintendant arrivaient à sir Ivory comme d'un lointain. Brusquement tout s'était mis en ordre dans son esprit. Comment n'avait-il pas compris plus tôt ce qui, pourtant, crevait les yeux ? Il suffisait de regarder, mais avait-il eu l'occasion de bien regarder avant cet instant où la vérité lui apparaissait brusquement dans toute son étonnante simplicité. Car il s'agissait d'une affaire simple, après tout, compliquée par des circonstances accessoires qui brouillaient l'entendement. Il suffisait de voir. De bien voir.

Depuis le début de l'enquête, sir Ivory savait qui avait assassiné sir Thomas. Il ne pouvait en être autrement. Les faits étaient là. Mais, comme il l'avait avoué à Douglas Forbes, il ignorait le mobile du meurtre et sans ce mobile tout demeurait confus, déconcertant. Il se heurtait à des apparences, sachant pertinemment qu'un énorme mensonge était à la base de tout l'édifice que l'on avait voulu leur montrer. Et là dans ce bureau où ils interrogeaient Kathleen Stuart et Miss Craven, le rideau qui dissimulait la vérité s'était déchiré. Il savait. Il voyait. Mais encore fallait-il une preuve.

Il se leva. À ce moment on eût dit qu'il était porté par une force intérieure qui le transcendait. Chacun se tut.

– Douglas et vous lieutenant MacGregor, écoutez-moi. Veuillez immédiatement demander au juge l'autorisation de faire ouvrir le tombeau des Stuart.

Chapitre 20

Un moment de stupeur suivit ces paroles. Puis Miss Craven s'approcha vivement de sir Ivory et lui dit d'un ton bouleversé :

– Sir, il faut que je vous parle en particulier.

– Bien volontiers, mademoiselle. J'ai toujours pensé que vous en saviez beaucoup plus que vous ne vouliez nous le faire croire... Messieurs, pouvez-vous avoir la bonté de nous laisser ?

Le superintendant ronchonna un peu. Ce n'était pas dans les règles. Mais que refuser à sir Malcolm ? Quant au lieutenant MacGregor, il avait soif et se rendit aussitôt à la cuisine afin de tirer une bière au tonneau.

Miss Craven était là, debout dans son manteau noir avec son petit chapeau démodé sur ses cheveux bruns où se faufilaient des fils d'argent. Toute arrogance l'avait quittée. Oui, elle avait dû être fort belle et il lui restait un charme un peu mystérieux qui tenait, en particulier, à son regard oscillant sans cesse entre la fermeté et la douceur, le refus et l'invite. Les hommes avaient dû y être sensibles.

– Je vous en prie, mademoiselle, ôtez votre manteau et votre chapeau.

– Je n'y tiens pas.

– Comme vous voudrez... Mais, au moins, asseyons-nous.

Elle s'assit sur le bord d'une chaise et demeura ainsi, dans la posture d'une dame en visite. Puis elle demanda :

– Qu'avez-vous compris ?

– Oh ! pas mal de choses, il me semble... Mais c'est vous qui désiriez me parler, n'est-ce pas ?

– En effet, bien que mon rôle soit bien difficile. J'ai élevé ces enfants. Ils me sont chers quoi qu'ils soient devenus. Et ici je parle des jumeaux. Kath, c'est autre chose...

Elle hésitait, cherchait de quelle façon exprimer ce qu'elle avait à révéler. Sir Ivory la laissait venir. Elle reprit :

– Peter et Terry, bien qu'ils soient de vrais jumeaux et qu'ils se ressemblent étonnamment, ont toujours eu des caractères fort différents. Peter est un leader tandis que Terry avec son tempérament d'artiste se laisse guider par son frère, et cela depuis qu'ils sont tout jeunes. Le décès de leur mère les a profondément marqués, mais alors que Terry se réfugiait dans ses rêves, Peter se révoltait contre son père qu'il accusait d'avoir indirectement tué sa mère. Adolescent, il me disait souvent : « Je le tuerai. Quand je serai grand, je le tuerai. » Et moi, naturellement, j'essayais de le raisonner mais je sentais que sous le masque de l'obéissance il haïssait sir Thomas et, en fait, ne faisait que le haïr de plus en plus.

Elle s'arrêta un instant. Sir Ivory l'observait avec une attention redoublée, guettant chacune de ses phrases, soupesant chacun de ses mots, suivant les méandres de sa pensée.

– Lorsque sir Thomas a tué Puck, j'ai compris que l'heure était venue où cette haine accumulée allait s'exercer. Rendez-vous compte, sir : il y avait cette histoire de mariage, les difficultés d'argent, le comportement odieux de sir Thomas. Peter, fou de colère, est allé trouver son père pour lui crier sa révolte.

– Et ils se sont disputés, le coup est parti tout seul... Je connais le refrain, fit sir Ivory d'un ton excédé. Ensuite Terry se rend sur place à son tour et tire sur le cadavre pour brouiller les pistes à moins que ce ne soit pour s'associer au geste de son frère... Était-ce cela que vous désiriez me révéler?

– Oui, c'est cela. C'est bien cela.

Sir Ivory se dressa d'un bond.

– Non, mademoiselle ! Ce n'est pas cela ! C'est ce que le meurtrier a voulu nous faire croire ! Que Peter ait haï son père, c'est probable. Mais il se trouve que ce n'est pas lui qui l'a tué. Il ne s'est même pas rendu dans l'appartement de sir Thomas, ni ce soir-là ni pendant la nuit. D'ailleurs Terry non plus ne s'est pas rendu auprès de son père ce soir-là.

Miss Craven reçut la diatribe comme si l'on venait de lui assener une gifle.

– Mais alors... Qui donc a pu faire ça ?

– Je vais vous le dire. Et d'abord, rappelons-nous les circonstances. Sir Thomas requiert de manière pressante la présence de ses deux fils. Il invite les enfants Nelson qui doivent, de surcroît, lui apporter une somme d'argent importante. De quoi acheter deux belles maisons, m'a précisé M. Nelson. Dans le même temps, il rédige un acte important qu'il signe à l'antique façon écossaise avec l'empreinte des cinq doigts de sa main gauche puisqu'il est gaucher.

– Quel acte ? demanda la gouvernante.

– Nous y viendrons. Mais n'aviez-vous pas remarqué que sir Thomas avait les doigts maculés d'encre ?

– Si, bien sûr... J'ai pensé qu'ayant renversé l'encrier sur le bureau il s'était taché les mains...

– Pas les mains, mademoiselle ! Le bout des doigts ! Comme on le fait pour déposer ses empreintes en utilisant un tampon encreur. Vous voyez ? Mais le criminel ne voulait pas que l'on puisse penser à ce document ainsi marqué. Il n'a trouvé qu'une parade – ruse bien sommaire, il faut le dire, mais quelle autre aurait-il pu trouver ? Il n'avait aucun moyen de lui ôter cette encre, n'est-ce pas ? Alors il a renversé l'encrier pour nous donner à penser que c'était de cette façon que sir Thomas s'était sali. Vous connaissiez cette coutume des cinq doigts, mademoiselle ?

– Pas vraiment.

– Reprenons. Ce document est d'une importance capitale pour le meurtrier. Il faut qu'il le récupère. Il menace sir Thomas avec le revolver – celui, mademoiselle, que vous avez dissimulé... Sir Thomas refuse de lui remettre le document. Le meurtrier le tue à bout portant, s'empare de la clé du coffre qui se trouvait dans son gilet, ouvre le coffre mural, prend le document et s'en va. Personne n'a pu entendre quoi que ce soit à cause de l'orage. Me suivez-vous ?

– N'était-ce pas plutôt de l'argent que cherchait le meurtrier ?

– Nous savons que George Nelson est entré ensuite dans le bureau. À ce moment sir Thomas était déjà mort. Il a vu le coffre ouvert et la liasse de billets. Il s'en est emparé. Il nous l'a avoué et sa sœur l'a confirmé. Non, le meurtrier, lui, voulait le document et uniquement le document. Or, je prétends que ce document avait quelque chose à voir avec le rendez-vous que sir Thomas avait donné à ses fils. Il allait leur apprendre une nouvelle et cette nouvelle était liée, d'une manière ou d'une autre, à ce document. Et, mademoiselle, que pouvait bien être ce document sinon un testament ? Qu'en pensez-vous ?

– Que puis-je en penser ? Sir Thomas ne me mettait pas au courant de ses affaires.

– Je veux bien le croire, mais vous viviez depuis des années à ses côtés, vous aviez appris à le connaître et même à le deviner. Vous aviez forcément compris que ce rendez-vous avait une singulière importance...

– Pas plus que d'autres...

– Mais vous avez averti Kathleen de ne pas se rendre dans l'appartement de son père...

– J'avais peur qu'il ne la moleste.

– Non, mademoiselle. Vous ne vouliez pas qu'elle s'y rende parce que vous redoutiez qu'il lui révèle ce que contenait ce document.

Elle se leva en proie à une intense agitation.

– Mais c'est faux ! J'ignorais qu'il existait un document. Vous venez de m'en apprendre l'existence ! Vous n'avez que ce mot-là à la bouche !

À ce moment, Wen Chang frappa à la porte.

– Sergent Cooper au téléphone.

Sir Ivory sortit du bureau et se rendit vers l'appareil, dans le hall. Il écouta en silence le rapport de l'officier de police sur ses découvertes. À présent tout coïncidait. Il revint dans le bureau où l'attendait Miss Craven.

– Mademoiselle, lorsque j'ai demandé au superintendant de faire ouvrir le tombeau des Stuart, vous avez compris que je tenais en main l'explication de la mort de sir Thomas. À présent j'en ai la preuve.

La majordome leva haut le menton en signe de défi. Sir Malcolm poursuivit :

– Le sergent Cooper a rencontré Mme Stobart.

– Cette vieille folle ?

– Je vois que vous la connaissez.

– C'est une aliénée, une mythomane !

– Alors pourquoi lui avoir fait parvenir chaque mois la somme de trente livres pour le prix de son silence ?

– Où avez-vous trouvé ça ?

– Sur votre compte en banque, mademoiselle. Chaque mois depuis des années, trente livres sont automatiquement versées à partir de votre compte sur celui de cette dame Stobart. La police a des moyens d'investigation que vous méconnaissez. Le sergent Cooper a trouvé dans les papiers de sir Thomas le numéro du compte et le nom de la banque à laquelle il versait vos émoluments. Il suffisait ensuite de s'y reporter.

– Eh bien, et si cela me convient d'aider cette pauvre femme !

Sir Ivory approcha sa chaise de celle de Miss Craven.

– Préférez-vous que j'appelle le superintendant, le lieutenant et Mlle Kathleen afin de leur révéler ce que vous osez me dissimuler ? Mais s'il en est ainsi, qu'arrivera-t-il, je vous le demande ?

Elle réfléchit un bref instant puis porta la main à sa bouche pour étouffer un cri. Tout son corps tremblait. Enfin, elle se redressa et, en un murmure :

– Non, sir, je vous en supplie. Si vous êtes un homme d'honneur, il ne faut pas que Kath sache la vérité. Il ne le faut pas, n'est-ce pas ?

– Il est vrai que Kathleen n'a aucune responsabilité dans cette lamentable histoire, bien que sans le savoir elle en ait été l'agent essentiel. Et maintenant me direz-vous la vérité ?

– Sir Ivory, jurez-moi de ne jamais révéler à Kath ni à quiconque ce que vous savez. Elle ne doit pas souffrir d'une faute qui m'incombe, et qui incombe plus encore à sir Thomas, puisque c'est lui qui a manigancé l'affaire dès l'origine.

– Je saurai où est mon devoir, mademoiselle, mais il n'empêche que rien ne pourra effacer l'odieux stratagème que vous aviez mis au point et qui, selon vous, devait condamner les deux fils Stuart.

– Je n'y ai pensé qu'ensuite !

– Mais vous y avez pensé et vous avez tout fait pour que ce soit eux que l'on accuse. Il y a un instant vous persistiez encore dans cette voie. Pour cela, surtout pour cela, vous méritez d'être punie et j'espère que le juge vous condamnera sévèrement. Quant au crime, sa source remonte à une vingtaine d'années. Vous étiez alors une jeune et pimpante domestique attachée à Mme Mary Stuart. Sir Thomas vous avait évidemment remarquée. Lui qui se vantait tant de sa virilité ne pouvait manquer de désirer vous conquérir. Vous êtes tombée enceinte de lui dans le même temps que l'épouse légitime.

Elle s'écria :

– Il m'avait forcée ! Oui, il m'avait violée comme si j'étais une putain ! Je décidai de le punir de sa prétention, de sa brutalité, du peu de respect qu'il m'avait montré. Oui, c'est vrai : j'ai décidé de le faire chanter. Il m'a donné de l'argent pour m'éloigner. J'ai été accoucher en secret non loin de Macduff, chez Mme Stobart, une ancienne amie de ma mère.

– Pendant ce temps l'épouse de sir Thomas succombait lors de l'accouchement ainsi que sa petite fille. Ce fut alors que vous eûtes l'idée de substituer votre enfant à celle de Mary Stuart. C'était le comble du chantage ! Ou vous reconnaissez ma fille comme la vôtre ou je dépose plainte pour viol.

– Non, sir. Ce n'est pas ainsi que les choses se sont passées. Je vous ai dit que l'idée était venue à sir Thomas. Il ne voulait pas qu'il soit dit que son enfant était morte, comme si cela rejaillissait sur sa sacro-sainte virilité. En fait, la petite fille de Mme Mary vécut deux jours. À son décès, le corps de l'enfant fut subrepticement placé par sir Thomas dans le cercueil de son épouse tandis qu'il me faisait venir avec Kath. Le docteur qui avait pratiqué l'accouchement ne put ainsi s'apercevoir de la substitution.

– Admettons. Cela m'a sauté aux yeux tout à l'heure. Vous étiez dans ce bureau avec Kathleen. Vos deux profils se découpaient sur la fenêtre. Ils sont identiques. D'ailleurs, contrairement aux Stuart qui sont roux et élancés, vous êtes toutes les deux brunes et plutôt petites. Kathleen est votre fille et vous l'avez élevée comme si elle était la fille de Mary. C'était son intérêt et le vôtre, n'est-ce pas ? Mais il y avait un problème. Mary Stuart avait rédigé son testament bien avant sa nouvelle grossesse. Les deux fils avaient hérité d'elle. Pas Kathleen. Il vous fallait être certaine que sir Thomas ferait hériter votre fille et pour cela le plus simple était qu'il lui fasse une donation de son vivant.

– N'était-ce pas normal ? Les garçons se désintéressaient du domaine. Kath était demeurée aux côtés de son père malgré son caractère et ses lubies.

– Mais rien n'était si simple ! Vous vous étiez imposée par chantage. Aux yeux de sir Thomas vous étiez comme une punition permanente, malgré les services domestiques que vous lui rendiez. De surcroît, il aurait souhaité vous mettre dans son lit mais vous ne l'auriez accepté que s'il vous avait demandé en mariage, ce que justement il ne voulait pas. D'ailleurs il vous tenait, lui aussi.

– Et comment ?

– Il vous menaçait de révéler la vérité à Kathleen.

Les traits du visage de Miss Craven se transformèrent en une abominable grimace.

– Il allait le faire ! C'est pour cela qu'il avait convié les deux garçons et les Nelson. Quand j'ai vu dans quel état il se trouvait, injuriant les uns, suspectant les autres, allant jusqu'à égorger ce pauvre Puck, j'ai compris qu'il allait étaler notre secret au grand jour. Dès qu'il eut quitté le salon, je lui ai emboîté le pas et l'ai rejoint dans le couloir du premier étage. Là il m'a intimé l'ordre de redescendre avec des mots infâmes. Et surtout il a ajouté ces paroles qui resteront toujours dans ma mémoire : « Ils n'auront rien, ni ta fille ni ces satanés jumeaux ! Tout ira aux *pipers* et aux jeteurs de troncs ! Tout, même le manoir ! » Et, refermant sa porte, il ajouta : « Je suis fatigué de ce monde idiot. Adieu. » Ce fut alors que je compris qu'il allait se donner la mort.

– Qu'avez-vous fait à ce moment-là ?

– Il avait fermé sa porte à clé et je savais que la porte de la chambre restait toujours close, la clé hors de la serrure. Je me suis donc rendue rapidement ici, dans le bureau du bas où l'on range le double des clés. Les jeunes gens parlaient entre eux et ne remarquèrent pas ma présence. Je remontai et ouvris la porte de la chambre. J'entrai et m'approchai du bureau. Le vacarme du vent et du tonnerre était tel que sir Thomas ne risquait pas de m'entendre. Je le vis qui appliquait ses doigts sur un tampon encreur puis sur une feuille de papier.

Je compris aussitôt qu'il s'agissait d'un papier particulièrement important. Au moyen d'un buvard il sécha le tout, plia la feuille qu'il mit dans une enveloppe déjà préparée qu'il porta ensuite dans le coffre mural qu'il referma, mettant la clé dans le gousset de son gilet. Ensuite il sortit du tiroir de son bureau deux revolvers, celui à crosse de nacre et un autre que je n'avais jamais vu. Il considéra le premier avec émotion. Je savais, en effet, qu'il lui avait été offert par son épouse comme pièce de collection. Mme Mary lui avait appris à cette occasion que ce revolver avait appartenu au prince Souvoupov. Sir Thomas en avait été particulièrement touché. Et puis il a laissé ce revolver sur le bord du bureau et s'est rendu avec l'autre devant la cheminée. Je me suis précipitée hors de ma cachette et me suis jetée sur lui. Je voulais l'empêcher de se tuer, naturellement, et le coup est parti. Sir Thomas est tombé comme une masse sur le sol.

– Et c'est alors que vous avez pris la clé dans son gousset, que vous avez ouvert le coffre et volé l'enveloppe contenant le testament.

– Je suis redescendue au rez-de-chaussée. Je me suis enfermée dans ma chambre. J'ai lu le testament qui était d'ailleurs très court. Effectivement, il déshéritait ses enfants et en donnait les raisons : la mauvaise conduite de ses fils et surtout la filiation de Kathleen qu'il refusait purement et simplement, m'accusant de l'avoir fait chanter. L'argent du coffre était destiné à Lennox qu'il appelait son « seul véritable et dévoué ami sur terre ». Revenant à la cuisine j'ai tout jeté au feu de la cuisinière.

– Fin du premier acte, dit sir Ivory. Et si vous en étiez restée là, nul n'aurait pu vous accuser gravement de quoi que ce soit. Après tout, vous aviez tué sir Thomas par inadvertance alors qu'il voulait se suicider. Mais à ce moment une autre idée vint à poindre dans votre cerveau : et si les jumeaux étaient accusés du meurtre, Kathleen hériterait de la totalité de la fortune... C'est bien cela, n'est-ce pas ?

Elle se raidit dans son orgueil puis elle lança :

– Ces deux-là, je ne les ai jamais aimés. Ils étaient les enfants de l'autre, vous comprenez...

Chapitre 21

Le superintendant et le lieutenant Mac Gregor buvaient au salon lorsque sir Ivory vint les rejoindre. Il était fatigué et se sentait vieux, brusquement, comme si la confession de la gouvernante l'avait sali. Il lui était souvent arrivé de descendre dans les abîmes de la conscience humaine mais, cette fois, le tableau qui lui avait été imposé recelait tant de détresse et de perversité qu'il s'en trouvait incommodé. Il s'assit lourdement sur le canapé et demanda un double whisky sec.

– Tout va-t-il comme vous voulez ? demanda Forbes.

– Oh, je ne veux rien ! Les êtres et les événements sont ce qu'ils sont.

– Et où en êtes-vous de notre affaire ?

– Comme je vous l'ai dit, le nom de l'assassin m'est connu depuis le début. Ce ne pouvait être que Miss Craven.

– Miss Craven ? s'écria le superintendant qui en tenait toujours pour les jumeaux. Et pourquoi donc ?

– Parce qu'elle était la seule à pouvoir aller et venir dans le manoir sans que quiconque lui prête la moindre attention. Les témoignages que nous avons recueillis nous ont parlé à l'envi des déplacements de chacun durant la triste soirée mais pas de ceux de la gouvernante pour la simple et bonne raison que, considérée comme une domestique, ses va-et-vient n'intéressaient personne. La preuve en est que lorsqu'elle se rendit dans la salle de piano pour y déposer son billet, personne ne la remarqua, bien qu'elle ait traversé une partie du salon.

– Mais, objecta le superintendant, elle est davantage qu'une domestique ! Au fil des années n'était-elle pas devenue une amie de la famille ?

– Justement non. Et c'est un élément essentiel de la compréhension du problème. Les Stuart l'ont toujours tenue à l'écart. Elle se dévouait pour eux, allant même jusqu'à élever les enfants comme s'ils étaient les siens. Toutefois sir Thomas non seulement se refusait à toute familiarité avec elle, mais la traitait de haut, l'assujettissant à des émoluments peu en rapport avec la qualité et la quantité de son travail. Le sergent Cooper l'a fort bien remarqué en compulsant son compte en banque. Miss Craven ne gagne pas davantage qu'une servante d'auberge.

– Sir Thomas était pingre. Nous le savions déjà.

– Pas seulement avare, mon cher Douglas ! Il exerçait sur Miss Craven une véritable tyrannie. Elle, qui n'avait pas d'enfant, avait eu le malheur de s'attacher à la petite Kathleen. C'est par là qu'il la tenait. Il savait que, quoi qu'il fasse, elle resterait au manoir. En fait, il aurait voulu que cette femme devînt sa maîtresse et comme elle s'y refusait il ne cessait de la provoquer. Elle était devenue son souffre-douleur privilégié. Et ainsi sont faits certains êtres humains : ils s'enlisent dans le lieu même où on les malmène.

– Êtes-vous certain que Miss Craven n'ait jamais été la maîtresse de sir Thomas ? demanda le superintendant.

Sir Ivory devait mentir. Il l'avait promis, et

ne l'eût-il pas fait qu'il se serait tu sur l'origine maternelle de Kathleen. Il était beaucoup trop tard pour remettre les choses à leur vraie place.

– Miss Craven n'aime pas les hommes, déclara sir Malcolm. Jadis un homme l'avait violée, voyez-vous...

Et c'était vrai. Cet homme était sir Thomas qui trompait ignominieusement la douce et rêveuse Mary en couchant avec sa servante.

– Ah, je comprends mieux ! s'exclama Forbes. Mais les jumeaux dans tout cela ?

– On nous l'a expliqué à plusieurs reprises : Peter et Terry avaient été élevés par leur mère dans un cocon doré. À sa mort, ils se sont retrouvés avec un père aigri et une gouvernante qui s'intéressait surtout à leur jeune sœur. Ils se sont créé leur propre monde dans lequel leur « chère maman » demeurait la reine absolue. De ce fait, Miss Craven était considérée par eux comme l'étrangère et, pis que cela, l'usurpatrice ! Ils le lui faisaient bien sentir, la traitant eux aussi comme une domestique. Miss Craven ne pouvait l'admettre. Sans doute est-elle trop orgueilleuse, mais qui, à sa place, ne se serait pas senti bafoué ? Elle attendait son heure pour se venger.

Le lieutenant MacGregor en était à son cinquième whisky de la journée. Il balbutia :

– C'est elle qui a poussé les jumeaux à tuer le vieux Stuart, n'est-ce pas ?

– Elle n'avait aucun ascendant sur eux. Non, ce n'est pas ainsi que les choses se sont passées. Sir Thomas venait de tuer le poney de façon ignoble. Miss Craven le rejoignit lorsqu'il eut regagné son appartement du premier étage afin de lui crier sa révolte. Oui, Douglas, c'est elle et non pas Peter comme vous le pensiez ! Peter et, après lui, Terry se sont rendus dans l'écurie mais plus tard, alors que sir Thomas avait déjà été abattu. S'ils s'étaient rendus auprès de leur père après avoir constaté la mort de Puck, ils l'auraient trouvé déjà mort !

– Sapristi ! fit Douglas Forbes. Cette question de temps est essentielle, en effet.

– Eh oui ! Le dîner a lieu à 6 heures. Sir Thomas sort de table au milieu du repas et se rend aux écuries. Il tue le poney après l'avoir assommé. Il revient à table et marmonne : « Voilà qui est bien fait », après quoi il se prend à ricaner et à boire derechef. Miss Craven est seule à entendre cette phrase. Dès que le repas est fini et que tout le monde passe au salon, il est environ 7 heures. Elle se vêt d'une pèlerine et se rend aux écuries pour voir ce qui se passe, et découvre la mort de Puck. C'est à ce moment-là qu'elle décide de mettre en marche sa vengeance. Elle tient la raison pour laquelle les jumeaux tueront leur père. Elle rentre dans le hall où elle sait que se trouvent d'ordinaire les bottes de Peter. Elle n'en trouve qu'une puisque nous savons que l'autre a été portée, avant le dîner, au deuxième étage par George Nelson. Qu'importe ! Elle revient auprès du poney avec la botte et simule les pas du jeune homme en appliquant la semelle dans le sang figé. Elle ignore que, plus tard, vers 8 heures, les garçons quitteront le manoir malgré la tempête et découvriront à leur tour le meurtre du poney, laissant les traces de leurs souliers sur la flaque de sang.

– Nous avions, en effet, constaté que les traces de la botte avaient été partiellement recouvertes par celles des souliers, commenta Forbes après avoir consulté son carnet.

– Et donc Miss Craven quitte les écuries sous l'orage, ôte sa pèlerine, rédige le billet destiné à Kathleen, qu'elle va cacher sous le couvercle du clavier du piano. Il importe, en effet, que la jeune fille n'aille pas plus tard dans l'appartement de son père qui, à ce moment-là, est encore au salon. En fait, elle ignore qu'il va précisément le lui demander, mais elle prend ses précautions de peur que la jeune fille ne soit mêlée au crime qu'elle va commettre.

– Car, selon vous, son acte aurait été prémédité...

– Elle prétendra que non, évidemment ! Mais l'empreinte de la botte la trahit puisqu'elle a été faite avant que le meurtre ait lieu. Comprenez-vous cela ?

– L'élément temps... Toujours l'élément temps...

– Eh oui, cher Douglas ! Je poursuis. Dès que sir Thomas quitte le salon et rejoint l'étage, Miss Craven le suit. Il la rabroue et lui annonce qu'il va déshériter ses enfants avant de se suicider.

– Se suicider ?

– Sir Thomas est arrivé au bout de sa vie. Ses fils ne reprendront pas l'élevage qui périclite. Il n'est plus le champion qu'il a été et comprend qu'on le ménage lors des compétitions. Il ne conquiert plus que des prostituées qu'il fréquente piteusement chez le père Alan. Il boit trop et ne s'occupe plus lui-même des chevaux. Sa seule réussite est la spéculation boursière, mais il enrage de devoir laisser cet argent à des ingrats. Oui, il veut disparaître. Peut-être se fait-il honte. Et d'abord il pense s'empoisonner. Il prépare une ampoule de Coliston sachant qu'elle contient de la strychnine. Puis il estime que ce ne serait pas une mort digne de son rang. Il prend le revolver et va se tuer au moment où Miss Craven entre dans le bureau.

– N'eût-il pas suffi qu'elle le laisse faire ? Sa vengeance se fût automatiquement accomplie...

– Eh non ! Elle le surprend alors qu'il se prépare à se donner la mort. Va-t-elle le laisser partir comme ça ? À ses yeux ce serait trop facile. Alors elle se moque. Elle déverse sur lui tous les reproches qu'elle a accumulés depuis des années. Elle le traite de lâche, de pervers sénile et d'ivrogne. Tout cela est rythmé par les coups de tonnerre. Imaginez la scène ! À l'instant où il décide de mourir, la voilà qui se dresse tel un remords vivant ! Peut-il l'accepter ? Il retourne le revolver contre elle. Ils se battent un court instant. Le coup part. Il tombe foudroyé, une balle en plein cœur.

– Et donc elle a tué en état de légitime défense...

– Bien qu'elle ait prémédité son crime comme la botte nous le prouve. Étonnant renversement, non ? Elle se saisit de la clé du petit coffre et va vérifier qu'il ne s'y trouve pas de testament. Il y a seulement de l'argent, qui ne l'intéresse pas. Elle fouille dans les tiroirs et ne découvre rien, redescend au rez-de-chaussée, persuadée que l'on accusera Peter à cause des empreintes de la botte. À ce moment elle peut croire que le sort est de son côté.

– Incroyable !

– Or, voici que, justement, contre toute attente les jumeaux sortent du manoir malgré la tempête et découvrent par hasard la mort de Puck. De la cuisine, elle les voit se rendre dans l'écurie. N'ont-ils pas effacé les traces de la botte en marchant dans la flaque de sang ? Elle s'inquiète. Il faut parfaire la mise en scène. Toutefois les jeunes gens commencent à monter au premier étage, Johanna et Kathleen pour aller se coucher, George Nelson pour se baigner le visage et, en fait, pour voler la liasse, enfin les garçons lorsqu'ils quittent définitivement le salon. Il lui faut attendre que chacun se soit couché pour retourner dans l'appartement de sir Thomas. Vous connaissez la suite.

– Mon Dieu, cela se tient, dit Forbes à regret. Et Miss Craven a avoué avoir agi de cette façon ?

– Convoquez-la et elle vous confirmera ses aveux. Que risque-t-elle ? Un bon avocat aura assez d'éléments pour la disculper du meurtre. Elle sera seulement punie d'avoir voulu profiter de l'occasion pour tenter d'accuser les jumeaux.

– Falsification d'éléments relatifs à l'enquête... énonça le superintendant. Un an de prison avec sursis. Mais, dites-moi, sir Malcolm, êtes-vous certain que sir Thomas voulait se suicider ? N'aurait-il pas laissé un testament, une lettre expliquant son geste ? Ne menaçait-il pas de déshériter ses enfants ?

– Peut-être a-t-il fait un testament auprès d'un notaire…

– Oui, sans doute.

Mentir, il fallait mentir pour que la terrible vérité ne se sache pas. Comment Kathleen aurait-elle pu admettre que sa mère était celle qu'elle avait traitée en majordome durant vingt ans ? Méritait-elle de perdre sa part d'héritage sur la succession de son père ?

MacGregor s'était endormi et ronflait doucement. Le superintendant se leva.

– Allons donc recueillir les aveux officiels de Miss Craven… Mais, très honnêtement, sir Malcolm, cette affaire me laisse un drôle de goût.

– Le goût amer de la fin d'un monde, fit sir Ivory.

Ils se rendirent dans le bureau où sir Malcolm avait quitté la gouvernante. Puis comme elle en était sortie, ils allèrent à la cuisine où elle n'était pas non plus. Dans la cour ils virent Kathleen et Lennox qui rentraient les chevaux. Wen Chang les regardait faire avec intérêt.

– Avez-vous vu Miss Craven ? demanda Forbes.

Mlle Stuart et le palefrenier répondirent que non.

– Elle passée par cour vers maison domestiques, dit le Chinois.

– Voyez, fit remarquer sir Ivory ; pour les Stuart, elle est devenue invisible…

Ils approchaient de l'aile droite du bâtiment lorsqu'ils virent la mère de Lennox, la vieille Margie, en sortir, levant les bras au ciel. La pauvre femme était éplorée. Elle ne parvenait à articuler un seul mot, trop occupée à retrouver son souffle. À sa suite, ils entrèrent dans le couloir des communs, montèrent lentement le vieil escalier qui donnait accès aux chambres. Dans l'une, suspendue à une poutre, Miss Craven se balançait.

Le superintendant monta sur une chaise pour couper la corde. Le corps s'affala sur le plancher telle une marionnette aux fils brisés. Elle avait gardé son petit manteau noir et son chapeau démodé.

– Pourquoi a-t-elle fait ça ? demanda Forbes.

– C'est le mépris qui l'a tuée, fit sir Ivory. Jamais elle ne s'était remise d'avoir été violée. Dans cette demeure, à longueur d'années, c'était comme si le viol se poursuivait. Et certes, il y avait Kathleen à laquelle elle vouait un véritable amour maternel. Mais, n'est-ce pas, elle ne pouvait pas être sa mère... Elle ne pouvait pas.

Ils étendirent le corps sur le lit, lui fermèrent les yeux. Puis ils descendirent dans la cour et s'approchèrent de Mlle Stuart qui se lavait les mains dans l'abreuvoir.

– J'ai une triste nouvelle à vous apprendre, mademoiselle…

Elle leva des yeux inquiets vers sir Malcolm.

– Miss Craven, votre gouvernante, vient de décéder.

– Ah ?

Ce fut la seule syllabe qu'elle prononça. Elle s'essuya les mains à son pantalon de jean, releva une mèche de cheveux et, se tournant vers Lennox :

– Je vous laisse donner à manger aux bêtes.

– C'est tout ce que vous trouvez à dire ? demanda Forbes.

– Au sujet de Miss Craven ? Que lui est-il arrivé ?

– Elle s'est donné la mort.

Elle détourna son regard, puis elle dit :

– C'est elle qui avait tué mon père, n'est-ce pas ? Après tout, c'est mieux ainsi. Un procès aurait pu entacher la réputation du clan Stewart. Tout est rentré dans l'ordre, à présent.

Et elle regagna le manoir sans ajouter un mot.

Chapitre 22

Dorothea Pickwick n'était pas contente et le montrait. Sir Malcolm avait invité à déjeuner le superintendant Douglas Forbes et, comble de perversité, il avait ordonné un repas chinois que Wen Chang avait préparé. La chère femme voyait en ce double événement une atteinte à sa dignité.

Aussi, lorsque l'officier de police sonna à la porte de Falcon Manor, traîna-t-elle des pieds avant d'aller lui ouvrir.

– Tiens ! Scotland Yard ! Je vous croyais changé en monstre écossais !

– Qui sait, ma bonne Dorothea ? Peut-être avez-vous devant vous le spectre de feu Douglas Forbes…

Elle se signa rapidement.

– Ne dites pas des choses pareilles !

– Entrez, entrez ! fit sir Ivory en apparaissant à l'autre bout du vestibule. Êtes-vous remis de vos émotions ?

– Ah, ce retour en avion... Je m'en souviendrai toute ma vie ! Ces trous d'air m'ont rendu malade comme un chien.

– Scotland Yard est fort sensible... hasarda Mme Pickwick avec malice.

– Oh, j'aurais voulu vous y voir !

– Certainement pas ! Mais l'excellent repas que l'on vous a préparé va certainement vous remettre…

Et, sur ce trait, elle regagna les cuisines tandis que sir Malcolm aidait son ami à ôter son manteau.

– Elle ne s'améliore pas, dit Forbes en riant.

Ils entrèrent dans la salle à manger où le repas allait être servi sur une petite table ronde et sous le regard d'un nègre vénitien porteur d'un flambeau. Aussitôt le superintendant sentit quel honneur lui était réservé. Mme Forbes, son épouse, se rendait-elle compte de l'extraordinaire faveur que sir Ivory lui faisait en le recevant dans sa merveilleuse demeure ?

Wen Chang avait tenu à servir lui-même les plats qu'il avait préparés. Le menu était composé d'un potage d'ailerons de requin, d'un assortiment de bouchées de viande à la vapeur suivies de travers de porc caramélisés, de tranches de canard rôties au poivre et à l'ail ainsi que de beignets de langoustine à la sauce aigre-douce. Le tout était arrosé d'un vin rosé français que le maître de maison faisait venir spécialement de chez un artisan vigneron de Provence.

La conversation en vint rapidement au meurtre de sir Thomas Stuart. Et tandis que Forbes se débattait avec ses baguettes, sous l'œil narquois de Dorothea Pickwick, sir Ivory expliqua combien cette malheureuse affaire l'avait troublé. Lorsqu'il avait accepté de suivre le superintendant en Écosse, il s'était fait une noble image du chef du clan des Stewart. Peu à peu cette image s'était brisée en mille morceaux. Le vieux Stuart n'était qu'un vieillard aigri, têtu, orgueilleux et pervers. Sans doute avait-il donné le change grâce à sa force physique, à son amour des traditions écossaises, mais il avait été un époux exécrable, allant jusqu'à tromper la mémoire de sa femme avec une domestique qu'il avait forcée non seulement physiquement mais psychologiquement au moyen d'un épouvantable mensonge. Quant à ses enfants, les avait-il seulement aimés ?

Sir Thomas s'était offert une épouse merveilleuse, la charmante et rêveuse Mary, mais ce n'était pas pour ses qualités qu'il l'avait voulue. C'était pour les ouvertures financières qu'elle lui offrait et peut-être aussi parce qu'il lui plaisait de dominer une jeune femme si différente des filles qu'il se payait. Sir Ivory imaginait quelle déception avait dû être celle de la « petite reine Mary » comme l'appelait Mme Nelson. Mais elle ne s'était pas plainte. Elle avait accepté, organisant son monde secret au deuxième étage du manoir avec ses peintures et ses deux fils qu'elle avait entraînés dans ses rêves.

Avait-elle su que sir Thomas la trompait avec la petite Craven et avec d'autres, servantes, paysannes, prostituées ? Sans doute. Elle appartenait à cette grande bourgeoisie qui admettait que les maris aillent dépenser leur virilité dans des jeux interdits pourvu que leur gibier fût rabattu dans le peuple. Son père avait agi de même et sa mère non plus ne s'était pas plainte. Les femmes de cette condition étaient faites pour diriger le ménage, éduquer les enfants et s'adonner aux contes de fées tandis que ces vaillants guerriers avaient le droit de pourchasser la gueuse pourvu qu'ils n'en ramènent point d'enfant. Sinon, malheur ! La gueuse pouvait se venger en dénonçant l'adultère et, dès lors, le fruit défendu devenait un signe de malédiction pour la famille.

Miss Craven, elle, n'avait surtout pas voulu que Kathleen fût une bâtarde. Elle serait une descendante des Stuart à part entière, et donc la fille de Mary. Sir Thomas lui en avait offert l'occasion dans un moment de fierté mal placée. Elle s'en était saisi et jamais plus n'avait voulu revenir en arrière. Et sans doute le hobereau avait-il fini par apprécier cette fille de la main gauche qui lui était plus proche que ses fils. Ainsi sont les êtres humains, courant à la fois sur deux versants, paradoxaux d'autant plus qu'ils se veulent de granit.

– Mais, fit remarquer le superintendant en bataillant avec ses travers de porc, pourquoi avoir privilégié la piste de Miss Craven alors qu'après tout Kathleen aurait pu, tout aussi bien qu'elle, assassiner son père et faire accuser ses frères ?

– Elle n'en avait pas le temps. Entre le dîner et son coucher, elle n'a jamais été seule.

Et pourtant Douglas Forbes n'avait pas tout

à fait tort. Miss Craven avait-elle vraiment agi à l'insu de Kathleen ? La jeune fille n'avait-elle pas compris qu'elle était sa véritable mère ? N'était-ce pas elle qui avait subtilement poussé la majordome à agir comme elle l'avait fait ? Tout avait été monté dans son intérêt et sans qu'elle prît le moindre risque. Mais si tel était le cas, Kathleen serait l'un des monstres les plus odieux que sir Ivory avait rencontrés, puisqu'elle aurait non seulement fait assassiner son père, mais poussé sa mère au suicide tandis qu'elle tentait de spolier ses frères. Toutefois, la froideur avec laquelle elle avait appris la mort de Miss Craven prouvait qu'elle ne l'avait jamais considérée que comme une domestique, ce qui n'en était pas moins monstrueux !

Le superintendant finit par abandonner les baguettes pour la fourchette. Il dit :

– MacGregor m'a téléphoné. Les jumeaux et Mlle Nelson sont sortis de l'hôpital. Comme sir Thomas n'avait rédigé aucun testament, l'héritage sera partagé en trois parts égales. Kathleen a choisi le manoir et l'élevage. Peter pourra rembourser ses dettes et se marier avec la belle Johanna. Quant à Terry, il ajoutera sa part à l'héritage maternel qu'il a su conserver. Aussi a-t-il annoncé qu'il abandonnait le droit international et allait monter une galerie d'art. En fait, tout s'arrange pour le mieux, n'est-ce pas ?

– Les obsèques ont dû être grandioses...

– MacGregor en était ébloui. Il y eut un défilé de cornemuseurs et d'athlètes comme on n'en avait pas vu depuis une dizaine d'années. Un représentant de Sa Majesté s'était déplacé. Le bon peuple a abondamment pleuré. « Ce sont des moments comme ceux-là qui soudent une nation », m'a dit Mme Forbes, mon épouse.

– Sans doute...

– Mais il faut que je vous dise... C'est à rire ! Lorsque MacGregor et Cooper sont allés lever les scellés sur l'appartement de sir Thomas, il s'est passé quelque chose...

– Et quoi donc, mon cher Douglas ?

– Ah ! vous n'allez pas le croire... Le portrait de feu Mme Mary Stuart s'est décroché du mur et est tombé sur MacGregor qui en a eu la lèvre fendue.

– Ce qui prouve assurément que les fantômes existent !

Le superintendant regarda sir Ivory avec un mélange d'étonnement et de crainte, puis il demanda :

– Seriez-vous sérieux, sir Malcolm ?

– Mon cher, il faut savoir que l'invisible est caché un peu partout, toujours prêt à nous jouer des tours de sa façon. Les vieux Écossais avaient raison d'accueillir les revenants dans leurs châteaux. C'était la meilleure manière de les obliger à rester des gentlemen.

« C'est curieux, pensa Forbes en se préparant à un nouveau combat avec la mangue au sirop, sir Ivory est un homme intelligent, raffiné et dont la pénétration m'étonnera toujours, mais je ne comprends vraiment pas qu'il en soit encore à croire des historiettes bonnes pour les enfants… »

Et il vida d'un trait le verre de vin français que Wen Chang lui avait servi. Voilà ce qui, enfin, relevait de la plus évidente et de la plus agréable réalité !

CET OUVRAGE A ÉTÉ REPRODUIT
ET ACHEVÉ D'IMPRIMER SUR ROTO-PAGE
PAR L'IMPRIMERIE FLOCH À MAYENNE
EN JANVIER 1998

Éditions du Rocher
28, rue Comte-Félix-Gastaldi
Monaco

Dépôt légal : janvier 1998.
N° d'édition : CNE section commerce et industrie
Monaco : 19023.
N° d'impression : 42873.

Imprimé en France